대전환의 시대, 남양주의 미래를 그리다

주민주권 시대
시민이 온다

저자 이원호

Synergy Books

왜 지금 새로운 리더십을
논해야 하는가

우리 사회는 가만히 있지 않는다. 끊임없이 변하며 흐른다.

사람이 움직이고 삶이 쌓이며 선택이 반복되면서 도시의 얼굴은 매일 조금씩 바뀐다. 문제는 그 변화가 언제나 좋은 방향으로만 흐르지 않는다는 데 있다. 지금 우리가 서 있는 이 시간은 사회가 어디로 가고 있는지를 다시 묻지 않으면 안 되는 갈림길이나 다름없다.

나는 이 책을 남양주의 미래를 걱정하는 한 시민의 질문에서 출발했다. 왜 지금 남양주인가. 왜 지금 새로운 리더십을 이야기 하는가. 그리고 우리는 어떤 도시를 다음 세대에게 남길 것인가.

대한민국은 이미 대전환의 시대 한가운데에 서 있다. 촛불혁명과 빛의혁명은 권력의 주인이 누구인지를 분명히 보여주었지만 일상의 민주주의는 여전히 미완이다. AI, 기후위기, 저출산, 지방소멸은 더 이상 먼 미래의 경고가 아니라 오늘의 현실이 되어가고 있다. 행정은 여전히 속도를 따라가지 못하고 정치는 문제보다 반응이 늦다. 그 사이에서 시민의 삶은 점점 더 불안해지고 있다.

남양주 역시 예외가 아니다. 인구 100만을 향해 가는 성장 속도만큼이나 구조적 문제도 빠르게 쌓여왔다. 교통과 주거, 일자리와 에너지, 환경과 갈등의 문제가 동시에 몰려오고 있다. 지금 방향을 바꾸지 않으면 성장은 곧 부담이 될 수 있다. 그래서 나는 바로 지금이 남양주의 방향 전환이 필요한 순간이라고 믿는다.

이 책은 한 개인의 이야기에서 시작한다. 장성 우봉마을에서 보냈던 어린 시절, 열한 살에 목격한 5·18의 기억, 방황과 거리의 시간, 대학과 구치소와 군대, 민족무예와 구로공단, 그리고 법정까지. 돌아보면 나는 언제나 '사람이 먼저인 자리'를 찾아 이동해왔다. 그 선택들은 늘 쉽지 않았고 실패와 좌절도 있었다. 하지만 그 과정에서 한 가지 기준만은 분명해졌다. 사람을 수단으로 삼지 않겠다는 태도, 선택의 결과를 끝까지 감당하겠다는 자세였다.

서초동에서 변호사로 안정된 길을 갈 수도 있었다. 하지만 나는 다시 남양주를 선택했다. 동네 변호사로 시민을 만나며 생활 속에서 정치를 배우기 시작했다. 민원과 분쟁, 갈등과 타협의 현장에서 나는 우리 동네의 문제를 책이나 보고서가 아니라 현장에서 마주했다. 그때부터 우리의 미래는 정책을 넘어 방향의 문제라는 생각이 분명해졌다.

이 책은 네 개의 질문으로 구성되어 있다.
왜 이원호인가, 왜 지금인가, 왜 이 비전인가, 왜 이 리더십인가.

개인의 서사로 공감을 만들고 시대를 진단하며, 실천 가능한 정책을 제시하면서 그것을 가능하게 하는 리더십의 원칙을 드러내고자 했다. 화려한 약속보다 실행의 조건, 선언보다 비전을 제시하는 책이기를 바랐다.

정치는 우리가 어떤 삶을 선택할 것인가에 대한 집단적 결정이다. 이 책이 정답을 제시한다고 생각하지 않는다. 다만 질문을 피하지 않겠다는 약속만은 분명히 하고 싶다. 불편한 질문일수록 앞에 놓고 쉬운 길보다 필요한 길을 택하겠다는 다짐이다.

이 책은 남양주 시민들에게, 그리고 우리 사회에 묻는다.

도시는 누구를 위해 존재해야 하는가.
성장은 누구의 삶을 바꾸어야 하는가.
리더십은 무엇으로 증명되어야 하는가.
답은 이미 시민들 곁에 있다고 믿는다.

그리고 이 책은 그 답을 함께 찾기 위한 첫 걸음이다.

차 례

프롤로그 왜 지금, 남양주에서 새로운 리더십을 논해야 하는가   3

PART 1

WHY 이원호인가   **9**

1장 • 장성 우봉마을, 한 소년의 세계관이 자라는 시간   10

2장 • 광주민주화운동, 열한 살의 눈에 새겨진 민주주의   17

3장 • 아버지의 부재 그리고 방황 : 세상을 다시 배우다   23

4장 • 고등학교 중퇴와 검정고시, 다시 배움의 길 위에 서다   29

5장 • 거리의 청춘, 신념을 행동으로   37

6장 • 군대에서 배운 것들, 남양주와의 첫 인연   45

7장 • 민족무예와 구로공단에서 배운 것들   52

8장 • 사법고시와 민변, 법의 언어로 약자 편에 서다   60

9장 • 변호사이자 시인, 세계를 바라보는 두 개의 창   68

10장 • 다시 만난 남양주, 동네변호사에서 시민과 함께하기까지   75

PART 2

WHY 지금인가   81

1장 • 두 번의 무혈혁명, 시민주권에서 주민주권으로   82

2장 • 대전환의 시대, AI·기후·저출산·지방소멸이 던지는 질문   88

3장 • 남양주의 구조적 과제, 무엇이 문제일까   94

4장 • 인구 100만을 앞둔 도시, 교통·인구 과부하 속 위기와 기회   99

5장 • 재생에너지 친환경 도시의 현실   104

6장 • 갈등의 구조적 뿌리, 구도심·신도심, 그리고 세대 간 갈등   110

7장 • 새로운 리더십이 요구되는 시대   114

8장 • 시민과 함께 설계하는 도시의 모습   120

PART 3

WHY 이원호의 비전인가   125

1장 • 실질적 주민주권 시대 : 시민이 행정을 움직이는 도시   126

2장 • 시민의회를 통한 업그레이드 동네 민주주의   132

3장 • 왜 지금 재생에너지 비율이 30%여야 할까   139

4장 • 에너지 전환의 시대, 남양주의 길   145

5장 • 남양주의 미래 일자리 지도 다시 그리다   149

6장 • 청년이 모여드는 도시 만들기   154

7장 • 100만 도시 교통망의 현실과 과제   161

8장 • 함께 잘 사는 도시의 조건   166

9장 • AI 행정과 디지털 복지   170

PART 4

WHY 이원호의 리더십인가   **175**

1장 • 공익과 사익의 갈림길에서 무엇을 먼저 볼 것인가   176

2장 • 사람이 우선이라는 철학   180

3장 • 안정을 버리고 신념을 선택한 순간들   184

4장 • 실패와 좌절에서 배운 리더십의 유산   187

5장 • 갈등을 조정하고 세대를 잇는 '조정'의 리더십   190

6장 • 길거리·대학·노동현장·법정을 관통하는 태도의 일관성   194

7장 • 누구나 머물고 싶은 도시를 꿈꾸다   198

8장 • '이원호는 합니다' 한 문장의 비전   202

9장 • 사람들에게 묻는다   206

(에필로그) "정치는 결국 시민이 하는 것이다"   208
다음 세대에게 물려줄 이 도시의 얼굴은 어떤 모습이어야 하는가

추천사   210

PART 1

WHY

이원호인가

1장

장성 우봉마을,
한 소년의 세계관이 자라는 시간

"어린 시절의 우리 집은 단순한 '한 가족의 공간'을 넘어
마을 전체의 사랑방 같은 곳이었다. 그 경험 덕분에 나는
세상은 본래 차가운 곳이 아니라 함께 살아가면 충분히
따뜻해질 수 있는 곳이라는 생각을 자연스럽게 품게 되었다."

마당넓은 우리집은 우봉마을의 사랑방
...

전라남도 장성군 삼계면 사창리, 우봉마을. 내가 태어나고 자란 곳은 산과 논으로 둘러싸인 아주 작은 시골 마을이었다. 그 마을 한가운데에는 네 세대가 함께 살아가는 마당이 넓은 집 한 채가 있었다. 증조할아버지와 할아버지, 부모님, 그리고 4남 1녀의 형제자매들이 북적이며 살아가는 집. 나는 그 집의 막내로 태어났다.

대가족이 함께 사는 집은 늘 사람 소리로 가득했다. 아침이면 부엌에서 식사 준비를 하는 소리가 경쾌하게 울렸고 마당에서는 형제들이 뛰어다니며 웃음을 터뜨렸다. 밥때가 되면 어머니는 늘 큰 소리로 "애들아, 식사 준비하자!" 하고 외치셨다.

그러면 우리 형제들은 누가 시키지 않아도 증조할아버지, 할아버지, 아버지의 밥그릇을 먼저 챙겨 놓으며 자연스럽게 어머니를 도왔다. 그런 일상이 반복되면서, 나는 '함께 산다는 것'의 의미를 아주 어릴 때부터 몸으로 익히게 되었다.

겨울밤이면 형들과 함께 따뜻한 아랫목에 이불 하나를 덮고 뒤엉켜 장난을 치다 잠들곤 했다. 낮에는 사소한 일로 싸우고 울다가도 밤이 되면 같은 이불 속에서 서로를 끌어안고 잠드는 시간. 그때의 기억은 지금도 내 마음속에서 가장 따뜻한 풍경으로 남아 있다. 나는 그 시절을 통해 '사람이 사람을 데운다'는 말의 의미를 아주 이른 나이에 배웠다.

우리 집은 종가였다. 그래서 제사가 1년에 열두 번이나 있었고 1년 내내 친척과 이웃들의 발길이 끊이지 않았다. 특히 제사 전날이면 동네 어른들이 우리 집에 모여 정겹게 둘러앉아 이야기를 나누며 전을 부치고 음식을 만들었다. 그리고 다음 날이 되면 나는 제수 음식을 들고 마을 집집마다 돌아다니며 나누어 드리는 역할을 맡았다.

어린 시절, 이 집 저 집을 다니며 음식을 배달하는 일이 솔직히 귀찮게 느껴질 때도 있었다. 그러나 지금에 와서 돌이켜보면 그 시간은 사람과 사람이 '음식'을 매개로 서로 이어진다는 사실을 처음으로 배운 순간이었다. 그건 단순히 음식을 나르는 일이 아니라 '정(情)'을 전하는 일이었다. 나는 그때 이미

'나눔은 말이 아니라 손과 발로 전해지는 것'이라는 사실을 깨닫고 있었다.

텔레비전이 흔치 않던 시절, 우리 집에는 마을에서 처음으로 TV가 들어왔다. 그래서 주말이면 어른들과 아이들이 자연스럽게 우리 집으로 모여 인기 프로그램을 함께 보며 웃음을 나누곤 했다. 게다가 마을에 거의 없던 전화도 우리 집에 있었다. 타지에 나간 자식들이 전화를 걸어오면 나는 이웃집으로 헐레벌떡 달려가 "전화 왔어요!" 하고 소식을 전하곤 했다.

그 말을 듣고 전화를 받으러 뛰어오시던 어른들의 얼굴에는 늘 세상을 다 가진 듯한 환한 미소가 번졌다. 지금 생각해 보면 그 작은 심부름은 누군가에게 기쁜 소식을 전하는 일이었고, 그래서인지 나 역시 사람과 사람 사이가 연결될 때 생기는 따뜻함을 자연스럽게 느낄 수 있었다.

제사와 명절, 손님과 이웃이 끊이지 않는 집에서 자라다 보니 세상을 바라보는 내 시선은 자연스럽게 열려 있고 긍정적이었다. 사람들이 모이면 웃으며 이야기를 나누고 누군가 어려움에 처하면 앞장서 도우며 좋은 음식을 서로 나누는 모습을 일상처럼 보며 자랐기 때문이다.

그래서 어린 시절의 우리 집은 단순한 '한 가족의 공간'을 넘어 마을 전체의 사랑방 같은 곳이었다. 그 경험 덕분에 나는 세상은 본래 차가운 곳이 아니라 함께 살아가면 충분히 따뜻해질 수 있는 곳이라는 생각을 자연스럽게 품게 되었다.

자연 속에서 뛰어놀며 배우던 공동체 수업

...

어린 시절, 나는 학교에서 돌아오면 책가방을 던져 두고 곧바로 동네 친구들과 뒷동산으로 달려갔다. 나무 가지를 깎아 나무칼을 만들고 칼싸움을 하기도 했고 다방구와 술래잡기, 자치기, 팽이치기를 하며 해가 지는 줄도 모르고 뛰어놀았다. 겨울이면 얼음판에서 썰매를 타고 마당에서는 야구를 하며 흙먼지를 뒤집어썼다.

그 과정에서 우리는 누군가 잘하면 자연스럽게 따라 배웠고 누군가 느리면 속도를 맞춰 주었다. 때로는 양보했고 때로는 다투기도 했지만 필요하다면 규칙을 바꾸며 다시 놀았다. 그 모든 과정이 말이 아닌 '몸으로 배우는 공동체의 수업'이었다.

그 당시의 나는 알지 못했다. 아이들끼리 뛰어놀던 골목과 들판에서 배운 것들이 훗날 사람을 대하는 태도, 사회운동을 하는 방식, 그리고 삶의 방향으로까지 이어질 줄은. 나는 경쟁에서 이기는 법보다 함께 노는 법을 먼저 배운 아이였다. 그 경험은 이후 노동운동과 시민운동을 하며 사람들 사이의 갈등을 조정할 때 큰 자산이 되었다. 그리고 지금, 시민 속으로 들어가는 정치를 고민하는 순간에도 여전히 중요한 기준이 되고 있다.

나는 민주주의를 '모두가 함께 잘 살아가기 위한 규칙을 만들어 가는 과정'이라고 생각한다. 누군가 혼자 앞서 달리는 사회가 아니라 서로의 속도를 살피며 함께 가는 공동체. 그런 사회를 꿈꾸게 된 출발점에는 분명히 내 어린 시절의 놀이 경험이 있다.

지금도 나는 시간이 날 때면 집 근처 산을 오른다. 자연 속에 있을 때 마음이 가장 편안해지고 어린 시절의 나 자신과 다시 연결되는 느낌이 들기 때문이다. 그래서 요즘 아이들이 집 안에서 혼자 게임으로 시간을 보내는 모습을 볼 때면 안타까운 마음이 든다. 나는 몸으로 부딪히며 뛰어놀았기에 체력뿐 아니라 양보와 타협, 규칙을 지키는 태도를 자연스럽게 배울 수 있었다고 생각한다.

그런 점에서 최근 지자체들이 추진하는 정원도시, 국가정원 정책은 매우 의미 있는 방향이라고 본다. 도심 곳곳에 걸어서 갈 수 있는 공원과 산책로, 작은 숲이 늘어날수록 아이들은 자연 속에서 몸으로 세상을 배우고 사람들과 관계를 맺으며 성장할 수 있다. 도시는 결국 사람을 키우는 공간이기 때문이다.

마을 전체가 하나의 가족이 되는 풍경
• • •

어릴적 나는 마을이 하나의 가족처럼 움직이던 풍경 또한 잊을 수 없다. 김장을 하든, 논밭일을 하든, 상을 치르든 누가 먼저랄 것도 없이 마을 사람들이 우르르 모여 돕는 모습은 너무도 자연스러웠다.

1년 내내 제사를 지내던 우리 집은 늘 사람들로 가득했다. 제사 전날 전을 부치던 어른들의 모습, 상을 당한 집에서 며칠씩 함께 일을 돕던 사람들의 뒷모습. 나는 그 사이를 신나게 뛰어다니던 아이였고 그 모든 장면은 그저 평범한 '동네 풍경'이었다. 하지만 그 풍경 속에서 나는 사람은 결코 혼자 살아갈 수 없는 존재이며 서로 기대고 돕고 나누며 살아가는 존재라는 사실을 자연스럽게 배웠다.

동네 아주머니들은 나를 참 예뻐해 주셨다. 어린 시절, 나를 보면 늘 "이쁜이 왔네" 하며 머리를 쓰다듬어 주셨다. 그 한마디는 지금도 내 마음속에 따뜻하게 남아 있다. 아이 한 명을 마을 전체가 함께 키운다는 느낌, 그것이 우봉마을이었다. 그래서 나는 우봉 마을에서의 기억을 내 인생의 첫 번째 안전망이라고 생각한다.

누군가 힘들어 보이면 "집에 와서 밥 먹고 가라"며 자연스럽게 불러 앉히던 어른들의 모습은, 오늘날 내가 사회적경제와 마을공동체에 관심을 갖게 된 깊은 뿌리이기도 하다.

살면서 잠시 길을 잃었을 때조차, 내 마음 깊은 곳에는 늘 '나는 혼자가 아니다'라는 믿음이 남아 있었다. 어린 시절 공동체의 온기는 나를 끝까지 무너지지 않게 붙잡아 준 보이지 않는 힘이었다.

내 고향 장성 우봉마을에는 늘 가족과 친척, 이웃과 친구들 '사람들'이 가득했다. 그래서 나는 어떤 일을 하든 자연스럽게 수익보다 먼저 '사람의 얼굴'을 떠올리게 된다. 우리 집 마당과 골목에서 매일 마주하던 사람들의 삶과 표정, 그 속에서 쌓인 기억들이 지금도 나를 다시 사람들에게 이끈다.

그래서 내가 사람을 대할 때 가장 먼저 하는 일은 '말하기'가 아니라 '듣는 것'이다. 어릴 적 어른들이 아이 한 명의 표정에서도 마음을 읽고 먼저 말을 건네 주었던 것처럼, 나 역시 시민들의 표정과 목소리에서 삶의 무게를 읽어내려고 노력한다. 책상 위의 숫자보다 현장에서 만난 사람들의 얼굴과 이야기를 먼저 떠올리는 이유다.

앞으로 내가 어떤 일을 하든 내 기준은 언제나 '사람이 먼저'다. 지금 남양주에서 시민들을 만나고 도시의 미래를 고민할 때도 나는 자주 우봉마을을 떠올린다. 사람을 향한 마음, 함께 가려는 태도, 그것이 지금의 나를 만든 뿌리다.

세상은 여전히 사람이 만들고 도시는 결국 사람의 얼굴을 닮아 간다.
우봉마을에서 자란 한 소년은 지금도 흔들림 없는 방향을 가리키고 있다.

2장

광주민주화운동,
열한 살의 눈에 새겨진 민주주의

"갑자기 하늘에서 헬기 소리가 요란하게 들려왔고 곧이어 총성이
허공을 찢듯 울려 퍼졌다. 나는 군중 속에 휩쓸려 넘어질 뻔했고
밟혀 죽을지도 모른다는 극심한 공포를 처음으로 느꼈다.
나는 그날 처음으로 배웠다. 인간의 존엄은 국가라는 이름 아래서도
너무나 쉽게 짓밟힐 수 있다는 사실을."

열한 살의 광주, 내 안의 민주주의가 깨어난 순간

• • •

나는 종종 생각한다.

사람의 인생을 근본적으로 바꾸는 사건은 과연 언제 찾아오는가 하고 말
이다. 어떤 이는 스무 살이 넘어서 또 어떤 이는 사회에 나가서야 세상의
다른 얼굴을 마주한다고 말한다. 그러나 내게 그 결정적인 순간은 너무도
이른 나이에 찾아왔다.

나는 열한 살이었다. 광주 계림국민학교 5학년, 아직 세상이 무엇인지 제대로 알기도 전이었다.

당시 할머니, 누나, 형과 나는 광주로 이사해 따로 살고 있었다. 그 나이 또래 아이들이 그렇듯, 동네 골목이 나의 전부였고 친구들과 하루 종일 뛰어놀며 지내는 평범한 아이였다. 그런데 어느 날 그 평범한 일상이 한순간에 무너지는 장면을 마주하게 됐다.

당시 우리 집은 시내와 그리 멀지 않은 곳에 있었다. 그날따라 유독 터미널 근처에 사람들이 많이 모여 있었고 분위기는 이상할 만큼 긴장돼 있었다. 나중에서야 알게 된 사실이지만 그날은 공수부대 투입에 맞서기 위해 시민들에게 "터미널로 모여 달라"는 호소문이 돌았고 광주 시민들이 그 부름에 응해 하나둘 모여들던 순간이었다.

무슨 일인지 제대로 알지 못한 채 어리둥절해 서 있던 그때, 갑자기 하늘에서 헬기 소리가 요란하게 들려왔고 곧이어 총성이 허공을 찢듯 울려 퍼졌다.

순식간에 사람들은 파도처럼 밀려 도망쳤다. 나는 군중 속에 휩쓸려 넘어질 뻔했고 밟혀 죽을지도 모른다는 극심한 공포를 처음으로 느꼈다. 그 혼란 속에서 유탄에 맞아 쓰러지는 할아버지의 모습이 내 눈앞에서 그대로 펼쳐졌다.

지금도 그 장면들은 너무도 생생하다. 마치 어제의 일처럼 또렷하게 떠오른다. '국가'라는 말의 의미조차 제대로 알지 못하던 열한 살 소년에게 그날은 세상이 송두리째 뒤집히는 충격의 순간이었다.

나는 그날 처음으로 배웠다.

인간의 존엄은 국가라는 이름 아래서도 너무나 쉽게 짓밟힐 수 있다는 사실을.

그 충격은 집 안에서도 이어졌다.

당시 전남대학교에 다니던 누나는 "군대가 집집마다 대학생을 잡으러 다닌다"는 말이 돌자, 하루 종일 다락방에 숨어 지내야 했다. 열한 살이던 나는 '왜 누나가 숨어야 하는지' 도무지 이해할 수 없었다. 아무도 나에게 이유를 설명해 주지 않았다.

그러나 집 안에 감돌던 서늘한 공기, 말없이 굳어 있던 할머니의 표정, 그리고 어둡게 가라앉은 분위기가 그 이유를 대신 말해 주고 있었다.

'무언가 크게 잘못되고 있다'는 직감.

그리고 선량한 시민이 단숨에 범죄자가 될 수 있다는 현실.

그 사실을 깨닫는 데 내 나이가 어리다는 것은 전혀 문제가 되지 않았다.

폭력과 공포 뒤 찾아온 연대와 희망

...

계엄군이 물러간 뒤 광주는 잠시 '해방구'와도 같은 공간이 되었다. 시민군은 트럭 위에 올라 노래를 부르며 시내를 행진했고 아이도 어른도 노인도 모두 거리로 나와 그 행렬에 함께했다.

누군가는 주먹밥을 가져왔고 누군가는 김치를 내놓았다. 또 누군가는 대야에 담은 딸기를 건네며 서로 나누어 먹었다.

지금도 그 장면을 떠올릴 때마다 나는 한 가지 확신에 이른다.
'아, 이것이 바로 사람이 사람답게 사는 세상이구나.'

불의에 맞서 함께 싸우고 서로를 지키기 위해 나서며 자신이 가진 것을 기꺼이 나누는 것. 그것이 민주주의의 가장 본질적인 모습이라는 사실을 말로 배우기 전에 몸으로 먼저 느꼈다.

그때의 기억은 시간이 흐르며 어떤 정치적 문장이나 이론보다 훨씬 강력한 신념으로 자리 잡았다. 나는 아직도 그날 시민군들이 부르던 노래의 멜로디를 기억한다.

총성과 비명, 공포의 장면들도 잊을 수 없다. 그러나 그보다 더 선명하게 남아 있는 것은 그 와중에도 사라지지 않았던 사람들의 연대와 희망이다. 그 기억은 지금까지도 사진처럼 내 마음속에 남아 있다.

대학에 들어가면서 나는 어린 시절 흩어져 있던 기억의 퍼즐 조각들을 하나씩 맞출 수 있었다.

그때 내가 보았던 유탄, 쓰러지던 노인, 다락방에 숨어 있던 누나, 총성이 울리던 터미널, 시민들의 행진, 그리고 밥과 딸기를 나누던 장면들. 그 모든 것이 바로 5·18 광주민주화운동이었다.

마치 머리를 한 대 얻어맞은 듯한 충격이 밀려왔다.
그리고 동시에 분노와 책임감이 함께 끓어올랐다.
나는 어린 시절에 목격한 '그날의 진실'을 다시 떠올리며 세상을 향해 질문하기 시작했다.

"왜 시민들은 총을 맞아야 했을까?"

"왜 누나는 숨어야 했을까?"

"왜 아무도 그 부당함을 막지 못했을까?"

이 질문들은 나를 자연스럽게 대학 시절의 학생운동으로 이끌었다. 누가 시킨 것도, 강요한 것도 아니었다. 마음 깊은 곳에서부터 '이건 당연히 해야 할 일'이라는 생각이 들었다.

어릴 적 전남대 후문 근처에서 살며 대학생들의 시위 장면을 매일같이 보아왔기에 데모를 하는 대학생들에게서 낯설거나 거부감을 느낀 적도 없었다.

그 시절의 나는 세상을 뒤집고 싶을 만큼 뜨거운 열망으로 가득 차 있었다.

억울한 죽음이 더 이상 반복되지 않는 세상,

모두가 최소한 사람답게 살 수 있는 나라를 만들고 싶었다.

사람이 사람답게 사는 세상

* * *

억울하게 죽지 않고 소외되지 않고 최소한의 존엄을 잃지 않은 채 살아갈 수 있는 세상. 그 생각은 그때나 지금이나 조금도 변하지 않았다.

학생 시절 내가 거리에서 외쳤던 수많은 구호들은 결국 한 문장으로 정리된다.

"사람은 존중받아야 한다."

광주에서 내가 보았던 시민들의 모습은 나의 민주주의에 대한 생각을 완전히 바꾸어 놓았다.

누가 시키지 않아도 서로를 위해 나서는 사람들. 공동체를 위해 질서를 지키고 함께 군인들을 막아내고 음식을 나누어 먹던 이웃들.

그 모든 장면은 민주주의가 제도나 문서 이전에 결국 '사람들의 태도'라는 사실을 알려주었다. 법조인이 되어 사건을 맡으면서도 나는 늘 먼저 약자의 목소리에 귀를 기울이려 노력했다.

세상에는 여전히 억울한 사람들이 많고 힘없는 이들은 언제나 존재한다.

그들을 대신해 말하는 일, 그 목소리를 사회에 전하는 일.

그것이 내가 해야 할 역할이라는 신념은 바로 광주에서 시작되었다.

또한 광주에서 보았던 시민들의 힘과 연대의 정신은 오늘날 내가 남양주에서 시민들과 함께 어떤 도시를 꿈꾸는지에도 깊은 영향을 주고 있다.

남양주가 더 따뜻하고 더 안전하며 더 공정한 도시가 되기 위해서는 먼저, 시민 한 사람 한 사람의 마음과 참여가 중요하다고 믿는다. 나눔과 연대, 책임과 존엄이 일상이 되는 도시. 서로의 삶을 존중하며 함께 성장하는 공동체의 힘을 이 도시 남양주에도 반드시 뿌리내리게 만들고 싶다.

3장

아버지의 부재 그리고 방황
세상을 다시 배우다

"아버지는 늘 그런 분이었다.

나를 과하게 통제하지 않으면서도 멀리서 조용히 지켜봐 주는 사람.

나에게 '사랑과 믿음'이라는 가치를 말이 아니라 태도로 보여준

첫 어른이었다."

6개월의 가출, 중국집 보이로 일하면서 배운 '사회'
...

나는 어려서부터 공부를 곧잘 했다. 전라남도 장성의 작은 초등학교에서 광주 계림초등학교로 전학을 갔을 때 첫 시험에서 전교 2등을 했다. 담임 선생님은 누나를 따로 불러 "동생이 공부를 너무 잘하고 똑똑한 아이라서 기대가 크다"고 말했고 나에게는 "서울대를 목표로 공부해 보라"고 권유할 만큼 큰 기대를 보이셨다. 어린 나는 그 기대가 무엇을 의미하는지 깊이 생각해 본 적이 없었다. 그저 '잘해야 하는 아이'라는 틀 속에 자연스럽게 들어가 있었을 뿐이다.

중학교 시절의 학교생활은 지금 돌이켜보면 참으로 단조로웠다. 아침 7시에 학교에 나가 자율학습을 하고 정규수업이 끝난 뒤에도 다시 자율학습을 하다 저녁이 되어서야 집으로 돌아오는 일상의 반복이었다. 그런 생활이 하루 이틀이 아니라 계속되다 보니 어느 순간 내 삶이 수레바퀴처럼 굴러가고 있다는 느낌이 들기 시작했다.

'내 인생의 궤도는 이미 정해져 있는 게 아닐까'라는 막연한 절망감이 마음속에서 서서히 자라났다. 그러나 나는 그 감정을 어디에도 털어놓지 못한 채 답답함과 공허함을 가슴속에 쌓아 두고 있었다. 그 시절의 나는 누가 보아도 정해진 단계를 차근차근 밟으며 모범적으로 자라날 것 같은 아이였다. 하지만 그 틀 안에서 나는 점점 숨이 막혀 가고 있었다.

그리고 고등학교 1학년 어느 날 아침이었다.
교련 시간에 쓰라고 받은 교련비 몇 천 원을 손에 쥐고 학교에 가려던 순간, 갑자기 발걸음이 멈춰 섰다.
'오늘은 학교 말고 어디든 가고 싶다.'

그 생각이 머릿속에 스치자마자 내 몸은 그대로 터미널을 향해 움직이고 있었다. 나조차도 왜 그런 선택을 했는지 정확히 설명할 수는 없다. 다만 분명했던 것은 '이대로는 더 이상 살 수 없겠다'는 막막함과 '한 번쯤은 이 틀을 깨보고 싶다'는 강렬한 갈망이었다.

터미널에서 고창행 버스를 탔다. 고창은 외가가 있는 곳이라 어렴풋이 익숙했고 분명한 목적지라기보다는 잠시 숨을 수 있는 도피처에 가까웠다. 고창에 내려 해가 질 때까지 읍내 거리를 걷다가 배가 고파 들어간 곳이 동네에서 가장 큰 중국집이었다. 나중에 알고 보니 그곳은 제법 유명한 식당이었다.

짜장면 한 그릇을 비우고 난 뒤, 나는 주방 쪽을 바라보며 조심스럽게 물었다.

"여기서 일할 수 있을까요?"

아무런 계획이나 준비도 없었지만 그 말은 입에서 자연스럽게 튀어나왔다. 주인은 잠시 나를 보더니 숙식을 제공해 줄 테니 보이로 일해 보겠느냐고 했다. 그렇게 나는 설거지와 배달, 잔심부름을 도맡는 중국집 보이가 되었다. 그날이 내 인생에서 처음으로 '노동'을 시작한 날이었다.

고등학교 1학년, 생전 처음 해보는 일이었다. 아무리 잘해 보려고 해도 모든 것이 서툴렀고 함께 숙식하던 형들은 새로 들어온 초짜에게 군기를 잡으려 했다. '학생이 왜 이런 데서 일하느냐'는 듯한 주변의 시선은 따가웠고 나이 어린 중국집 보이를 은근히 멸시하는 분위기도 분명히 존재했다.

배달을 하다 보면 또래 아이들이 교복을 입고 학교로 향하는 모습이 눈에 들어오곤 했다. 그 모습을 볼 때마다 마치 내가 인생의 궤도에서 미끄러져 내려온 사람처럼 느껴졌고 이유 모를 부끄러움이 밀려왔다.

여러 번 일을 그만두고 집으로 돌아가고 싶다는 생각이 들었다. 그런데 이상하게도 나는 그 중국집 일을 쉽게 그만두지 못했다. 창피해서도 아니었고 대단한 목표가 있어서도 아니었다. 집 문을 열고 들어가는 내 모습을 상상하면 또 다른 종류의 부끄러움이 앞섰기 때문이다.

'이왕 나온 김에 여기서 한 번 버텨보자.'

그런 고집이 내 안에서 계속해서 고개를 들었다. '여기서조차 포기해 버린다면 앞으로 나는 무엇을 할 수 있을까'라는 두려움도 함께 따라왔다. 그 마음이 결국 나를 버티게 했다.

어떤 날은 새벽부터 밤늦게까지 일했고 어떤 날은 욕을 먹기도 했으며 어떤 날은 손님에게 혼이 나기도 했다. 그런데 신기하게도 참는 법을 조금씩 배우게 되었다. 일에도 요령이 생겼고 나를 알아보고 챙겨 주는 손님들도 생겼다. 군기를 잡던 형들과도 어느새 웃으며 이야기를 나누는 사이가 되었다.

그 과정에서 나는 한 가지 중요한 사실을 몸으로 배웠다.

'관계란 피한다고 사라지는 것이 아니라 버티고 마주하고 대화를 이어 갈 때 달라질 수 있다'는 것.

사람과 사람 사이의 벽은 매우 단단해 보이지만 의외로 작은 틈에서부터 금이 가기 시작한다는 사실을 그때 처음 깨달았다.

중국집에서 석 달을 일하자 모든 생활이 익숙해졌고 이제는 일을 그만둘 때가 되었다는 생각이 들었다. 사장에게 품삯으로 15만 원을 받았고 그 돈으로 텐트와 산악용품을 샀다. 그리고 월악산을 비롯한 여러 산을 찾아다니며 열흘 동안 텐트를 치고 자고 산길을 오르내리며 지냈다.

거창한 깨달음을 얻겠다는 생각보다는 그저 머리를 식히고 스스로를 정리하고 싶었다. 지금 돌이켜보면 그 시간은 방황의 끝이 아니라 방황과 방황 사이에 마련한 짧은 피난처였고 다음 선택을 고민하기 위한 숨 고르기였다.

'사랑과 믿음'을 가르쳐준 나의 아버지

...

여정을 마치고 광주로 돌아왔지만 나는 곧바로 집으로 향하지는 못했다. 집 문을 열었을 때 마주하게 될 가족들의 표정, 그리고 6개월 동안 아무 연락 없이 떠나 있었다는 사실이 마음을 짓눌렀기 때문이다. 그래서 광주 대인동에 있는 작은 쪽방 하나를 얻어 지내기 시작했다.

낮에는 친구들과 어울려 돌아다녔고 밤에는 좁은 방 천장을 바라보며 스스로에게 질문을 던졌다.

'나는 지금 어디로 가고 있는가.'

'앞으로 무엇을 하며 살아야 할 것인가.'

건달이 될 생각은 없었지만 다시 공부를 붙잡을 자신도 없었다. 그저 어디에도 속하지 못한 채 회색지대를 떠다니는 기분이었다.

집으로 돌아가게 된 계기는 뜻밖에도 우연이었다. 나를 아껴주던 친구 형이 시장에서 나를 발견했고 "이제는 집에 들어가야 한다"며 나를 데리고 갔다. 문을 열고 들어서자 할머니와 어머니는 나를 끌어안고 "어디 갔다가 이제 오냐"고 말씀하시며 펑펑 눈물을 흘리셨다.

농협에서 조합장으로 근무하던 아버지는 내가 돌아왔다는 소식에 급히 집으로 오셨다. 나는 큰 꾸중을 들을 거라 생각하며 몸을 잔뜩 굳히고 있었는데 아버지는 내 옆에 조용히 앉더니 빙그레 웃으며 이렇게 말씀하셨다.

"돈 많이 벌었냐?"

나는 그 한마디를 평생 잊지 못한다. 그것은 꾸짖음도, 비난도 아니었다. 내 선택과 경험을 한 번 품어 주는 말처럼 들렸다. 아버지는 늘 그런 분이었다. 나를 과하게 통제하지 않으면서도 멀리서 조용히 지켜봐 주는 사람. 나에게 '사랑과 믿음'이라는 가치를 말이 아니라 태도로 보여준 첫 어른이었다.

하지만 아버지와 함께한 그 따뜻한 시간은 오래가지 않았다. 가출했다가 집으로 돌아온 지 한 달쯤 되었을 무렵, 아버지는 타고 계시던 오토바이와 차량의 교통사고로 현장에서 돌아가셨다. 아침 출근길에 "잘 다녀오십시오"라고 밝게 인사를 나누었는데… 도무지 믿을 수가 없었다.

그 일은 우리 가족에게 예고 없이 몰아친 폭풍과도 같았다.

집안의 기둥을 잃은 상실감과 막막함이 한꺼번에 밀려왔다. 아버지는 나를 억압한 적은 없지만 존재 자체만으로도 삶의 중심을 잡아 주는 큰 기둥 같은 분이었다. 그 기둥이 한순간에 사라졌다는 사실을 받아들이는 일은 쉽지 않았다.

그리고 동시에 이제는 더 독립적으로 살아야 한다는 압박이 나를 덮쳐 왔다. 그때 나는 처음으로 뼈저리게 깨달았다.

"운명은 예고 없이 찾아오고 삶은 우리가 설계한 대로만 흘러가지 않는다."

이 깨달음은 이후 내 삶을 바라보는 태도를 근본적으로 바꾸어 놓았다.

4장

고등학교 중퇴와 검정고시,
다시 배움의 길 위에 서다

"누군가에게는 실패처럼 보이는 시간일지도 모른다.

그러나 누군가에게는 새로운 출발이 될 수 있다.

나는 그것을 내 삶으로 증명하고 싶다. 그것이야말로 청소년들에게

줄 수 있는 가장 솔직한 응원이라고 믿기 때문이다.

청소년들에게 꼭 해 주고 싶은 말이 있다. Be ambitious!"

"땅은 거짓말을 하지 않는다. 뿌린 대로 거두는 거다"
...

아버지가 돌아가신 이후 집안을 사실상 떠받친 사람은 어머니였다. 누나는 이미 시집을 갔고 큰형은 대학생, 둘째 형은 재수생, 셋째 형은 고등학생 2학년, 그리고 나는 고등학교 1학년이었다. 집안의 무게는 자연스럽게 어머니 한 사람에게 쏠려 있었다.

어머니는 농사일을 하면서 소를 키워 학비와 생활비를 마련하셨다. 어린

송아지를 여러 마리 사서 정성껏 키운 뒤 큰 소로 자라면 다시 팔아 수익을 남기는 방식이었다. 지금 생각해 보면 그것은 단순한 생계 수단이 아니라 가족을 위한 사랑이자 책임감이었다.

어머니는 강한 생활력과 책임감으로 우리 형제들을 키우며 집안을 이끌어 가셨다. 객관적으로 보면 형편이 넉넉하지는 않았지만 나는 단 한 번도 '우리 집이 남루하다'고 느껴본 적이 없다. 어머니의 태도 덕분이었다.

우리 어머니는 품위와 유머 감각이 뛰어난 분이었다. 힘든 상황에서도 농담을 툭 던지곤 하셨는데 그 말 한마디에는 늘 묘한 설득력이 담겨 있었다.

"원호야, 힘든 건 잠깐이지만 게으름은 평생이야~"
또한 어머니는 나이가 어린 사람에게도 반말을 하지 않고 언제나 예의를 갖춘 말투로 사람을 대하셨다. 초등학교 학력이었지만 동네 사람들 모두가 어머니를 두고 '교양 있는 분'이라고 말할 정도였다.

어느 여름날, 누에를 치며 뽕잎을 따던 어머니가 내게 이런 말씀을 하신 적이 있다.
"땅은 거짓말을 하지 않는다. 뿌린 대로 거두는 거다."

그 말은 지금도 내 삶의 가장 중요한 좌표처럼 마음속에 남아 있다. 성실함과 책임감, 그리고 남에게 피해를 주지 않는 삶. 지금도 중요한 선택의 갈림길에 설 때마다 나는 어머니의 얼굴과 그 말씀을 함께 떠올린다.

어머니

추석 쇠러 시골에 왔다

고향 집 홀로 이고 계시는 어머니

구정 때보다 허리는 더 굽으시고

노을꽃 만발한 당신께

묻지도 않고 저 혼자 타는 찌개

종일 배추 모종하신 다음 날

누가 우리 밭에 모종했나

물으셨다 한다

바람에 지지 않는 뿌리 깊은 나무

마을 앞 당산나무처럼 서 계시던 어머니

종갓집 맏며느리로 시집오셔서

우리까지 사대를 모시고

내 나이 때 홀로되셨다

올망졸망 강아지들

당신이 주시는 육신의 쑥과 마늘을

양분으로 사람이 되었다

든든한 울타리가 되어 주셨다

평생을 노동으로 쉬지 않으시고

땅은 거짓말하지 않는다며

몸으로 삶을 보여 주신 초등 학력 어머니

정작 본인의 울타리는 애초에 만들

생각조차 없던 어머니

육신은 점점 아래를 향해 하늘을 받들고

풀지 못한 회한이 무거워 말씀도 없이

기억 하나씩 내려놓으시는가

점점 가벼워져 나실 때 그 모습으로

돌아가시려는가

불쑥 난쟁이 되어 나타난 당신

달은 높고

낯선 설거지에 그릇들만 뿌옇게 흔들린다

– 이원호 시집, '새들을 태우고 바람이 난다' 중에서 –

배우고 싶다는 갈망이 이끈 선택

• • •

아버지의 갑작스러운 죽음, 집안 환경의 변화, 중국집과 거리에서 보낸 시간들은 나에게 한 가지 분명한 깨달음을 남겼다. '돈을 번다고 해서 삶이 저절로 채워지는 것은 아니다'라는 사실이었다.

또한 성실하게 살아가는 어머니의 뒷모습을 보며 나는 자연스럽게 '의미 있는 삶'이 무엇인지 스스로에게 묻게 되었다.

'어떻게 살아야 의미가 있을까.'

'세속적인 부와 명예가 아니라 내가 스스로 납득할 수 있는 삶은 무엇일까.'

그 시절을 떠올릴 때마다 나는 늘 같은 생각을 한다.

"그때의 나는 욕망이 없었다."

주변의 또래들은 대학을 고민하고 진로를 계획하며 미래를 이야기하고 있었다. 그러나 나는 아무것도 떠올릴 수 없었다. 공허함과 막막함이 가슴 깊은 곳에 켜켜이 쌓여 있었다. 그러던 어느 날, 어머니가 조용하지만 단호한 목소리로 말씀하셨다.

"원호야, 어떻게든 검정고시라도 보자."

어머니의 권유로 시작한 검정고시 준비는 결코 쉽지 않았다. 그렇게 다니기 시작한 학원 생활은 낯설고 어색했다. 한동안은 책상 앞에 앉아 있는 것 자체가 버거웠다.

그러나 시간이 지나면서 펜을 쥔 손끝이 조금씩 익숙해졌고 책 속 문장들이 서서히 마음속으로 들어오기 시작했다. 그리고 마침내 검정고시 합격증을 손에 쥐었을 때 나는 다시 한 번 스스로에게 다짐했다.

'이제는 내 삶을 내가 책임져야 한다.'

"그래도 한 번은 다시 제대로 살아보자. 대학은 가야겠다."

그 선택은 직업을 위한 전략도 성공을 향한 욕망도 아니었다. 그저 대학이라는 공간을 통해 세상을 조금이라도 더 이해해 보고 싶다는 막연한 기대 때문이었다.

내가 지원한 학과는 동국대학교 사회학과였다. 중국집에서 겪었던 복잡다단한 감정들, 쪽방에서 느꼈던 불안, 거리에서 사람들과 부딪히며 쌓였던 경험들 때문인지, 나는 '사람과 사회'를 이해하고 싶어졌다. 그래서 책을 읽고 세상이 어떻게 돌아가는지, 사회는 어떤 원리로 움직이는지를 알고 싶었다.

길거리의 청춘으로 살며 얻은 것과 잃은 것

...

돌아보면 청소년 시절의 방황은 내 인생에서 가장 아까운 시간이기도 했다. 학교에서 누릴 수 있었던 추억과 관계를 놓쳤다는 아쉬움도 분명히 남아 있다. 그러나 동시에 중국집과 길거리, 쪽방에서 보낸 시간은 내 삶에 꼭 필요한 시간이기도 했다.

그 시간 덕분에 나는 사람과 세상을 조금 다른 눈으로 보게 되었다.
'의미 있는 삶이란 무엇인가'를 진지하게 고민하게 되었고 '약자와 서민을 이해하고 공감하는 능력' 또한 그때의 경험에서 비롯되었다고 생각한다.

하루 벌어 하루를 살아가는 사람들의 고단함, 상처와 체념이 뒤섞인 얼굴들, 사회의 가장자리에 선 이들의 이야기를 통해 나는 사람을 이해하는 눈을 얻게 되었다. 또한 길거리의 청춘으로 살았던 그 시절은 내 마음을 키우는 시간이기도 했다.

제도권 바깥의 삶은 나를 한층 자유롭게 만들었고 그 자유로움은 타인을 포용하는 폭을 넓혀 주었다. 웬만한 일은 "그럴 수도 있겠다"고 받아들일 수 있는 여유가 생겼다. 지금도 누군가 이유 없이 화를 내면 '아, 저분도 오늘 많이 힘들었나 보다' 하고 넘길 수 있게 된 것도 그때 덕분이다.

나는 그 경험이야말로 나를 정치와 법, 그리고 공익의 길로 이끈 가장 중요한 자산이라고 생각한다.

청소년들, 제도권 안에서 더 치열하게 고민하길
...

지금 남양주에서 청소년과 시민들을 만나면 나는 내 과거를 숨기지 않고 있는 그대로 이야기한다.

"공부를 꽤 잘하던 학생이었지만 고등학교에 입학한 지 한 달 만에 학교를 나와 6개월 동안 길거리에서 방황했고 중국집과 쪽방에서 살며 인생을 배웠다"고. 그리고 이렇게 덧붙인다.
"그 시간이 나를 더 넓은 세계로 이끌었다"고.

누군가에게는 실패처럼 보이는 시간일지도 모른다. 그러나 누군가에게는 새로운 출발이 될 수 있다. 나는 그것을 내 삶으로 증명하고 싶다. 그것이 야말로 청소년들에게 줄 수 있는 가장 솔직한 응원이라고 믿기 때문이다.

청소년들에게 꼭 해 주고 싶은 말이 있다.
"Be ambitious!"
"흔들려도 괜찮다. 흔들리지 않고 피는 꽃은 없다. 중요한 것은 다시 일어설 용기다."

"끊임없이 스스로에게 물어봐라. 나는 무엇을 위해 살고 있는가."

나는 방황 속에서 내 길을 찾았다. 그러나 우리 청소년들은 제도권 안에서, 학교 안에서, 철학과 토론을 통해 더 안전하고 건강한 방식으로 자신의 길을 찾기를 바란다. 나는 그 길을 앞서 닦는 사람이 되고 싶다.

그것이 바로 내가 경험한 상실과 방황의 시간을 다음 세대를 위한 '의미 있는 자산'으로 바꾸는 길이라고 믿는다. 나는 배움이 한 사람의 인생을 다시 세울 수 있다는 사실을 직접 경험했다. 그래서 교육은 단순한 서비스가 아니라 '다시 시작할 수 있게 해 주는 기회'라고 생각한다.

한 번 미끄러진 사람도 다시 일어설 수 있는 도시,
누구라도 다시 시작할 수 있는 도시,
평생 배우며 성장할 수 있는 도시.
그것이 내가 남양주에서 반드시 만들고 싶은 미래다.

5장

거리의 청춘,
신념을 행동으로

"구치소 안에는 학생들이 정말 많았고 일반 수용자들은
데모하다가 잡혀온 우리들을 마치 독립투사처럼 대했다.
그곳에는 '시국사범'에 대한 묘한 존중이 존재했다. 매일 밤 우리는
쇠창살을 잡고 '민중의 소리' 방송을 했다. 새로 들어온 동지를 소개하고
투쟁의 의지를 북돋우는 노래를 함께 불렀다.
그 시간만큼은 감옥이 아니라 작은 광장과도 같았다."

자주·민주·통일, 세 가지 키워드로 그린 이상 사회
· · ·

서울행 기차를 탔던 그날의 공기를 나는 아직도 또렷하게 기억한다.

광주에 남아 전남대로 진학할 수도 있었지만 나는 굳이 서울을 선택했다.
고향과 집, 학교, 그리고 아버지의 부재까지, 감당하기 어려운 기억들이 켜
켜이 쌓여 있던 도시를 잠시 떠나야겠다는 마음이 내 안에서 자라고 있었
기 때문이다.

나는 원래 새로운 것에 대한 호기심과 탐구심이 많은 편이었다. 한 자리에 안주하지 않으려는 성향이 강했고 한 번 더 껍질을 깨고 바깥으로 나가보고 싶다는 욕구가 늘 나를 움직였다.

"나는 어떻게 살아야 하는가."

그 질문에 대한 답을 찾기 위해 내가 처음 선택한 도시가 바로 서울이었다. 서울에 도착한 이유는 입학 전 오리엔테이션 때문이었다. 그때 학교 후문 벽보판에 붙어 있던 한 장의 모집 공고가 내 발길을 붙잡았다.

'민족사연구회 신입회원 모집'.

역사에 대한 관심이 많아 자연스럽게 눈길이 갔다. 그러나 그 종이 한 장이 훗날 내 인생을 어디로 데려가게 될지는 그때의 나는 전혀 알지 못했다.

이 동아리는 단순한 역사 공부 모임이 아니었다. 동학농민혁명부터 일제 식민지 시기, 해방 정국과 6·25 전쟁, 그리고 군사독재 정권에 이르기까지, 민족의 근현대사를 관통하며 한국 사회의 구조적 모순을 질문하는 이른바 '운동권 동아리'였다.

사회학과, 그리고 민족사연구회 활동. 이 두 가지 선택은 나를 자연스럽게 학생운동의 세계로 이끌었다. 당시의 나는 세속적인 성공에는 거의 관심이 없었다. 무엇이 옳은지, 어떻게 사는 것이 더 의미 있는 삶인지에 더 끌렸다. 그런 내 성향은 민족사연구회가 지향하던 노동 해방과 인간 해방의 가치와 놀라울 만큼 잘 맞아떨어졌다.

첫 학기부터 나는 강의실보다 학생회실과 동아리방에서 더 많은 시간을 보냈다. 책을 읽고 토론을 했고 유인물을 만들며 집회와 시위에 나갔다. 그 시절에는 일주일에 두세 번씩 집회가 열리는 것이 전혀 낯설지 않았다.

우리가 붙들고 치열하게 씨름하던 화두는 분명했다.

해방 이후 친일·반민족 세력이 어떻게 정권을 장악해 왔는지,

그 독재 권력이 자본과 결탁해 어떤 계급적 모순을 낳았는지,

왜 노동계급과 민중의 삶은 늘 사회의 가장 밑바닥에 놓이게 되었는지,

그리고 외세에 의해 고착된 분단 체제와 그 분단에 기생하는 독재정권을 어떻게 극복하고 평화적 통일로 나아갈 것인지.

1989년 노태우 정권 아래에서의 반독재 민주화 투쟁은 우리 같은 젊은 청춘들에게 숨 쉬는 공기와도 같은 일이었다. 그때의 나는 조금도 주저하지 않았다. 세상은 분명 잘못되어 있었고 누군가는 그 잘못과 싸워야 한다고 믿었기 때문이다.

구치소에서 배운 자주·민주·통일

...

방학이 되면 나는 시골 집으로 내려가지 않고 주로 학교에 남아 농활과 '통일선봉대' 활동에 참여했다. 1980~90년대 통일선봉대는 학생운동권 내부에서 통일운동과 반독재 투쟁을 현장에서 실천하던 조직이었다. 우리는 전국을 돌며 '자주·민주·통일'이라는 세 단어를 가슴에 새기고 선전과 행진을 이어갔다.

1989년 당시 대학가에서는 이른바 '북한 바로 알기 운동'이 활발했다. 북

한에서 출판된 서적들이 들어오기 시작했는데, 우리는 그것을 통해 북한 사회를 이해하고 더 나아가 분단 체제를 다시 바라보려 했다. 그중 하나가 북한 소설 '꽃파는 처녀', 일명 '피바다'였다. 일제 강점기 민족 해방 투쟁을 다룬 작품이었다.

당시 동국대학교에서는 이 작품을 공연으로 올리기로 했다. 내용만 놓고 보면 단순히 일제 식민지 시기의 민족 해방 투쟁을 다룬 서사였다. 그러나 '북한 소설'이라는 이유만으로 국가보안법 위반 논란이 뒤따랐다.

경찰과 정보기관은 공연을 막으려 했다. 결국 '피바다'가 공연되던 날 경찰은 학교로 들이닥쳤고 캠퍼스는 순식간에 아수라장이 되었다. 이 사건 이후 다음 날 학교에서는 경찰의 학교 침탈을 규탄하는 집회가 이어졌다.

우리는 중문을 통해 앰배서더 호텔 앞으로 행진했고 그곳에서 경찰과 대치했다. 화염병이 날아다녔고 쇠파이프를 든 학생들도 있었다. 나 역시 물러서지 않으려 했으며 결국 화염병을 던지고 돌아오는 길에 들이닥친 경찰에 붙잡혀 구속됐다.

이 사건은 훗날 '민주화운동'으로 공식 인정받게 된다. 노태우 군사독재 정권에 맞서 벌어진 투쟁이었다는 점, 그리고 이후 김대중·노무현 정부 시기를 거치며 민주화운동의 정당성이 재평가되었기 때문이다.

훗날 누군가 내게 이런 질문을 던진 적이 있다.

"지금은 법을 공부하고 제도권 안에서 일하는 사람이 되었는데 당시 국가 기조에 반하는 청년들의 행동이 과연 정당했다고 보십니까? 악법도 법 아닌가요?"

그 질문에 나는 웃으며 이렇게 답했다.

"악법이라면, 고쳐야 하지 않겠습니까?"

법은 존중받아야 한다. 그러나 법이 언제나 정의를 대신할 수는 없다고 믿는다.

구속된 뒤 나는 서울구치소에서 약 78일, 거의 석 달을 보냈다. 대학 1학년 초범이었고 그것도 총학생회 지도부가 아니었던 내가 그렇게 오래 구치소에 있어야 할 이유는 원칙적으로 없었다. 지금 돌이켜보면 재판을 일부러 늦추며 '안에서 반성하라'는 메시지를 주고 싶었던 것 같다.

그러나 그들의 의도와 달리 그 시간은 나를 꺾기보다는 오히려 더 단단하게 만들었다. 구치소 안에는 학생들이 정말 많았고 일반 수용자들은 데모하다가 잡혀온 우리들을 마치 독립투사처럼 대했다. 그곳에는 '시국사범'에 대한 묘한 존중이 존재했다.

매일 밤 여덟 시가 되면 우리는 쇠창살을 잡고 '민중의 소리' 방송을 했다. 새로 들어온 동지를 소개하고 밖에서 들려온 소식을 나누며 투쟁의 의지를 북돋우는 노래를 함께 불렀다. 그 시간만큼은 감옥이 아니라 작은 광장과도 같았다.

학교 친구들은 편지를 보내고 면회도 왔다. 물론 자유를 빼앗긴 감옥살이가 편할 리는 없었다. 그러나 이상하게도 그 시간은 단순히 견뎌야 할 고통이라기보다 '내가 왜 이 길을 택했는지'를 다시 확인하는 시간처럼 느껴졌다. 아이러니하게도 나를 가두었던 그 공간에서 나는 오히려 '더 제대로 한번 해봐야겠다'는 결심을 굳히게 되었다.

재판이 시작되자 나는 국선변호인의 변론을 거부했다. 당시 운동권 사이에서 흔히 선택하던 '법정 투쟁'을 택한 것이다. 나는 최후 진술문을 직접 준비해 법정에서 독재정권을 신랄하게 비판했다. 판사는 징역 1년에 집행유예 2년을 선고했다. 대학 1학년 초범이라는 점, 그리고 집에서 '군대로 보내겠다'는 내용의 탄원서가 제출된 점 등이 고려된 결과였다.

그러나 내 안에는 조금의 후회도 없었다. 오히려 더 뜨거운 각오만이 가득 차 있었다.

1989년 출소와 1990년 입대, 또 다른 국면의 시작

...

1989년 11월 27일. 교도소 문을 나서자마자 나는 가장 먼저 동지들과 술자리를 가졌다. 해방의 기쁨을 나누기 위한 자리가 아니라 '이제부터 어떻게 싸울 것인가'를 논의하는 자리였다.

몇 잔의 술을 급히 털어 넣고 눈보라가 휘날리던 그날 밤 나는 기차를 탔다. 목적지는 광주 망월동 묘역이었다. 5·18 영령들이 잠들어 있는 그곳에서 나는 크게 숨을 들이쉬었다. 머릿속에는 단 하나의 생각만이 자리하고 있었다.

"군대에 가지 않고 계속 학생운동을 하겠다."

손가락 하나가 없으면 군대에 가지 않아도 된다는 사실을 알고 있었다. 차가운 돌을 집어 들어 손가락 위에 올려놓고 그대로 내리치기 직전까지 갔다. 그러나 매섭게 내리던 눈과 뼛속까지 스며드는 돌의 냉기가 나를 멈추게 했다. 무엇보다 그 돌을 내 손에 내리쳤을 때 닥쳐올 고통이 생생하게 떠올랐다.

그 순간, 내 안에서 조용히 또 다른 목소리가 올라왔다. '이렇게까지 해야만 하는가. 내가 꿈꾸는 정의와 자유를 손가락 하나로 증명해야 하는가.' 결국 나는 돌을 내려놓았다.

집으로 돌아오자 가족들은 담담하게 말했다.
"이제 그만하고, 군대나 다녀와라."

그때의 나는 그 말을 도무지 받아들일 수 없었다. 결국 집을 나와 학교 동아리방에서 약 6개월을 지냈다. 그러다 마침내 영장이 나왔고 나는 1990년 6월 18일 군에 입대했다.

광주에서의 어린 시절, 방황과 가출, 학생운동과 구속, 그리고 망월동에서의 망설임까지.

그 모든 시간을 지나 한 청년의 청춘은 또 다른 국면으로 접어들고 있었다.

담쟁이

황량한 시멘트 벽

담쟁이가 기어오르고 있다

하켄을 박으며 한 발 한 발

암벽을 오르는 등반가

벽의 정밀한 살과 살 사이

빛살 같은 틈 움켜쥐고

벽과 허공 사이 자일 하나 없이

제 무게를 바람을 감당하며

조금씩 조금씩 중심을 이동하는 담쟁이

수직의 상승만을 원치 않는다

수평의 전진을 마다하지 않는다

곡선의 하강이 부끄럽지 않다

멈추지 않는 자유로운 행군

회색의 캔버스에 거대한 벽화를 새겨 놓았다

흔한 화구 하나 없이

맨손으로 자화상을 그려 놓았다

초록의 변방이 도달한 정신의 높이

– 이원호 시집, '새들을 태우고 바람이 난다' 중에서 –

6장

군대에서 배운 것들,
남양주와의 첫 인연

"억울함이 목구멍까지 차올랐지만 나는 뛰쳐나가지 않았다.

갈등은 생길 수밖에 없었고 불합리와 부당함도 많았다.

군대는 그럴수록 더 버티는 법을 배우게 하는 공간이었다.

그리고 그 버팀 속에서 내 몸과 마음이 조금씩 다듬어지는 경험을 했다."

맹호부대에서의 시간, '삽이 총보다 무겁던 시절'

· · ·

1990년 6월 18일.

그날의 논산훈련소는 내 인생에서 또 다른 낯선 공기가 감돌던 장소였다. 첫날 밤, 군용 모포를 이불 삼아 누워 있는데 문득 이런 생각이 스쳤다. "군대를 제대하고 나가는 날이 정말 오긴 올까?"

당시 군 복무기간은 30개월이었다. 2년 반이라는 시간이 한꺼번에 나를 짓누르는 듯했다.

얼마 전까지만 해도 대학에서 '자주·민주·통일'을 외치며 거리로 뛰쳐나 갔던 스무 살 청년은 사라지고 낯선 계급과 질서의 세계에 편입된 이등병 이원호만 남아 있었다.

훈련소 시절은 말 그대로 '캄캄한 질문'의 연속이었다. 아침이면 빵빠레 처럼 울리는 기상나팔 소리가 나를 현실로 끌어올렸고 밤이면 몸을 뒤척이 며 스스로에게 되물었다. '나는 지금 여기에서 무엇을 하고 있는가.'

그러나 군대는 질문을 허락하는 공간이 아니었다. 질문보다 답을 강요하 는 공간이었다. 훈련이든 청소든 지시가 떨어지면 움직여야 했고 결과가 어떻든 따지지 않는 법을 배워야 했다.

그런데 신기하게도 버티다 보니 말 그대로 '참고 견디는 법'이 몸에 새겨 졌다. 그 시간을 버티는 과정 자체가 하나의 훈련이 되었고 나는 그 훈련을 통해 내가 생각했던 것보다 더 버틸 수 있는 사람이라는 사실도 알게 됐다.

논산훈련소 6주가 끝나고 나는 '궤도차량 정비병'으로 배치됐다. 주특기 번호는 '451', 흔치 않은 보직이었다. 문과생인 내가 정비병이라니. 그때 나는 '군대는 줄을 잘 서야 한다'는 말을 처음으로 실감했다.

부산 해운대에 위치한 육군기술병과학교에서 자주포·장갑차 정비 교육을 14주, 그러니까 약 3개월 반 동안 받았다. 그곳에서 나는 이등병 시절 대 부분을 보냈다. 교육이 끝나고 자대에 배치된 뒤, 나는 곧바로 일병을 달았 다. 큰 사고 없이 평온하게 일병을 달았으니 복이라면 복이었다.

후반기 교육 이후 내가 배치된 곳은 일명 '맹호부대', 수도기계화보병사

단이었다. 월남전에 파병되었던 '호랑이 마크' 부대로 유명했다. 그곳에서
궤도차량 정비병으로 생활하며 나는 자주 생각했다.

'우리 아버지 세대와 선배 형님들이 이처럼 힘든 군 생활을 다 견디고 제
대했구나.'
동병상련이라는 말이 괜히 나온 게 아니었다. 저절로 고개가 숙여졌다.

계급의 사슬 안에서 배운 공동체
...

내가 군대를 끝까지 견딜 수 있었던 가장 큰 이유는 그곳이 '대한민국 남
자라면 누구나 한번은 거쳐 가는 곳'이라는 사실 때문이었는지도 모른다.
우리 사회에서 군대는 청년들이 가장 뜨거운 나이에 자신의 삶을 잠시 멈
추고 들어가는 공간이다.

보직이 무엇이든 어느 부대든, 결국 모두가 비슷한 시간 동안 육체적·정신적 고통을 함께 통과한다. 그리고 그 고생을 함께 지나온 동료들 사이에는 말로 설명하기 어려운 동질감이 생긴다. 나는 군대를 통해 '공동체가 만들어지는 과정'을 몸으로 배울 수 있었다.

또 하나 깨달은 사실이 있다.

군대가 힘든 이유는 훈련 그 자체가 아니라 결국 '사람과의 관계'라는 점이었다.

육체적으로 힘든 것은 어느 정도 버틸 수 있었다. 문제는 정신적인 부분이 훨씬 더 힘들었다. 전혀 모르는 사람들이 모여 계급 질서 속에서 단체생활을 해야 했기 때문이다. 태어난 곳도 살아온 환경도, 성격도 다른 사람들이 '계급'이라는 한 줄로 묶인 채 오랜 기간 함께 살아가야 했다.

계급이 높은 선임병 중에는 단지 나보다 몇 달 먼저 들어왔다는 이유로 무자비한 언행을 서슴지 않는 이들도 있었다. 질책, 잔소리, 부당함이 반복되었고 그 사이에서 숨을 참고 버티는 날들이 이어졌다. 나 역시 수없이 욱했고 어느 날은 나도 모르게 속으로 이렇게 중얼거렸다.

"이 놈을 그냥 확….."

억울함이 목구멍까지 차올랐지만 나는 뛰쳐나가지 않았다. 갈등은 생길 수밖에 없었고 불합리와 부당함도 많았다. 군대는 그럴수록 더 버티는 법을 배우게 하는 공간이었다. 그리고 그 버팀 속에서 내 몸과 마음이 조금씩 다듬어지는 경험을 했다.

낯선 사람들이 한 공간에서 살아가려면 누군가는 한 번쯤 물러서야 하고 누군가는 욕을 삼켜야 한다. 그 계급의 사슬 안에서 나는 내 감정의 폭을 조절하는 법을 배웠다.

처음에는 서로 경계하고 부딪히지만 시간이 지나면 조금씩 서로를 받아들이게 된다. 학교에서 시간이 지나면 친구가 생기고 서로를 이해하게 되듯 군대도 결국 '사람 사는 곳'이었다.

그리고 익숙해진다는 것은 완전히 포기하거나 체념한다는 뜻만은 아니었다. 나는 그것을 '서로의 한계와 단점을 알면서도 함께 살아가는 법을 배우는 과정'이라고 생각하게 됐다.

감정을 삼키고 하루, 한 달, 1년을 버티는 과정 속에서 사람을 이해하는 폭이 넓어졌다. 그리고 나는 한 가지를 배웠다.
'공동체란 결국 서로를 이해해 가는 과정 위에 세워진다.'

리더는 말보다 몸이 먼저 움직이는 사람
...

군대에서 내가 가장 크게 얻은 것이 있다면 그것은 '솔선수범하는 리더십'이었다. 리더는 말보다 먼저 몸이 움직여야 한다. 계급이 높다고 거들먹거리기만 하는 사람은 결코 신뢰받지 못한다. 사람들은 결국 앞에서 땀 흘리는 사람을 따른다.

나는 병장 말년에도 유격훈련을 자원했다. 흔히 '떨어지는 낙엽도 조심한다"는 병장 9호봉에 유격훈련을 지원하니 사람들이 놀랐다. 그 시기에는 대부분 '편하게 지내다가 나가자'를 목표로 삼는다. 그러나 나는 오히려 후임들 앞에서 먼저 자리를 잡고 작업도 먼저 자원했다.

당시 부대 선임상사인 인사계는 이렇게 말했다.

"이원호가 맡으면 안 되는 일이 없다."

나는 "군대에 체질이니 말뚝 박아라"는 말까지 들을 만큼 인정을 받기도 했다. 내가 그렇게 했던 이유는 단순했다. 내가 있는 자리에서 최선을 다하는 것이 중요하다고 믿었고 내가 힘을 빼면 누군가가 두 배로 힘들어진다는 것을 알고 있었기 때문이다.

리더는 앞장서서 움직이는 사람이라는 것. 그 작은 진리를 나는 군대에서 체득했다. 그리고 그 생각은 훗날 법무법인을 운영할 때, 정치를 고민할 때도 내 중심을 잡아 준 기둥이 되었다.

말보다는 행동, 지시보다는 솔선수범. 나는 지금도 누군가에게 맡기기 전에 내가 먼저 뛰는 것이 리더십이라고 믿는다.

남양주와의 첫 인연, '고생스럽지만 정이 갔던 땅'
...

상병 5호봉 무렵, 나는 전출 명령을 받았다.

새로 창설되는 '남양주 덕소 7포병여단'이었다.

1991년 가을의 남양주 덕소는 지금과 달리 작은 면 소재지에 가까웠다. 한적한 골목, 허허벌판처럼 비어 보이는 공터들. 주말 외출을 나가면 시간마저 느리게 흐르는 느낌이 들었다.

그곳의 창설 부대 생활은 전쟁터나 다름없었다. 여러 부대에서 사람들이 모여들어 부대의 질서가 잡히기까지 수많은 갈등과 시행착오가 뒤따랐다. 그러나 이상하게도 그 과정 속에서 묘한 동지애가 생겼다. 비가 오면 흙탕물을 뒤집어쓰며 함께 작업하던 날들이 지금도 내 기억 속에 따뜻하게 남아 있다.

아이러니하게도 그때는 몰랐다. 그 남양주가 훗날 내가 다시 돌아와 살게 될 도시가 될 것이라는 사실을. 군 생활은 그렇게 내게 첫 번째 '남양주의 기억'을 만들어 주었다.

고생스럽지만 정이 가는 곳.

힘들지만 다시 오고 싶은 곳.

그런 도시가 그때의 내게는 바로 남양주였다.

7장

민족무예와
구로공단에서 배운 것들

복학 후 달라진 시대, 흔들리는 운동
...

1992년 12월 17일 나는 30개월을 꽉 채우고 전역했다. 전역식을 마치고 부대 앞을 걸어 나올 때의 그 상쾌한 기분은 지금도 생생하다. 몸은 지쳤지만 어쨌든 '다시 내 삶으로 돌아왔다'는 감각이 온몸을 깨우는 듯했다. 그리고 나는 다시 캠퍼스로 돌아왔다.

하지만 1993년의 대학은 내가 1989년에 입학했던 대학과는 완전히 달라져 있었다. 1989년 당시 운동권은 '자주·민주·통일'을 외치며 거대한 대의를 이야기했다. 그런데 복학 이후에는 등록금 문제, 학내 구조, 생활 속 불평등 같은 문제를 다루는 이른바 '생활 학생회' 운동이 부상하고 있었다. 운동의 중심축이 거시적 이념에서 일상과 생활 현장으로 이동하고 있었던 것이다.

나는 솔직히 혼란스러웠다. 거리에서 최루탄을 맞으며 싸우던 시절의 투지는 내 안에 여전히 남아 있었는데 현실은 '일상 속에서 작은 변화를 만들어 가자'는 흐름으로 바뀌어 있었다.

시대는 문민정부로 넘어갔고 김영삼의 개혁에 대한 기대가 사회 곳곳에서 솟아올랐다. 그러나 운동권 내부에서는 김영삼·김종필·노태우의 3당 합당으로 탄생한 정권을 '독재정권의 연장선'으로 보는 인식이 강했다.

"민주화는 아직 끝나지 않았다. 더 가야 한다."
당시 운동권의 분위기는 대체로 그랬다.
전대협(전국대학생대표자협의회)에서 한총련(한국대학총학생회연합)으로 이어지는 조직은 투쟁을 계속 이어 갔고 나 역시 그 한가운데에 있었다. 그래서 나는 스스로에게 계속 묻게 됐다.

'내가 다시 돌아온 운동의 자리는 어디인가.'
'나는 어떤 방식으로 시대의 흐름 속에 서야 하는가.'
바로 그 혼란의 시기에 나는 민족무예 '경당'을 만났다.

민족무예 '경당'과의 만남, 칼날 위에서 마음을 배우다
• • •

경당은 24반무예를 현대적으로 복원한 민족무예 단체였다.
지도자였던 임동규 선생님은 통일혁명당 사건으로 무기징역을 살던 중 정조대왕이 편찬한 『무예도보통지』를 접하게 된다. 그리고 선생님은 그 책에 나온 동작들을 빗자루를 손에 들고 하나하나 따라 하며 복원했다. 그래서 임동규 선생님의 별명은 '빗자루 도사'였다.

여기서 통일혁명당 사건은 1968년 박정희 정권이 발표한 대규모 공안 사건이다. 당시에는 간첩 사건처럼 규정되었지만 이후 수사 과정에서 고문·조작·과장 의혹이 드러나며 한국 현대사의 대표적인 공안·인권 침해 사건으로 재평가되었다. 이 설명이 중요한 이유는 경당이 단순한 운동이나 취미가 아니라 '시대의 상처와 문제의식' 속에서 태어난 흐름이었기 때문이다.

1989년 출소한 임동규 선생님은 대학 운동권과 사회운동 단체를 중심으로 민족무예를 보급하기 시작했고 민족 문화 운동과 맞물리며 그 흐름은 들불처럼 번져 나갔다. 1990년대에는 전국 대학들에 경당 동아리가 속속 만들어졌는데 동국대학교는 그중에서도 특히 경당 활동이 활발했던 곳이었다.

동국대 경당의 이름은 '치우'였다. 그곳의 장(책임자)이 사회학과 후배였고 그 인연으로 나도 자연스럽게 경당의 세계에 발을 들였다.

나는 경당에 깊이 빠져들며 하루 4~5시간씩 수련에 몰두했다. 민족무예 수련은 같은 동작을 천 번, 만 번 반복해야 한다. 그러다 보면 어느 순간 몸이 아니라 마음이 먼저 무너질 때가 있다. 자꾸만 대충 넘어가고 싶고 '이걸 왜 하고 있지?'라는 생각이 스멀스멀 올라온다. 그런데 바로 그 순간을 넘어서야 한 단계가 열린다.

그 과정 속에서 나는 '몸을 넘어 마음을 들여다보는 법'을 배우기 시작했다. 칼날 위에 선 것처럼 긴장하며 중심을 잡는 수련은 내 삶의 중심을 다시 세우는 훈련이기도 했다.

이후 나는 동국대 경당 치우의 장이 되었고 나중에는 서울지역 경당 연합

회장까지 맡게 됐다. 경당은 무예 단체이자 하나의 조직이었다. 지도자가 되면 사람을 이끌어야 했고 한 사람의 성장이 곧 전체의 성장으로 이어졌다. 이때 몸으로 익힌 '조직 감각'은 훗날 다른 조직을 운영하는 데도 분명히 긍정적인 영향을 주었다.

또한 경당 수련의 시기는 사람을 만나고 공동체를 경험한 중요한 시간이었다. 노동운동이 노동 현장으로 들어가 사람을 조직하듯 우리는 무예를 들고 사람 속으로 들어갔다. 대학, 사회운동 단체, 노동 현장 곳곳에 나가 민족무예를 지도하면서 많은 사람을 만나고 이야기를 들으며 함께 고민했다.

경당은 내게 '사람 속으로 들어가게 하는 통로'였고 동시에 삶의 전환점이었다.

학교 졸업장 대신 삶의 방향 선택

...

어느 날부터 나는 이런 질문을 스스로에게 던지기 시작했다.
'대학교 졸업장이 정말 내게 필요한가?'
민중 속으로 들어가 운동가로 살겠다는 생각이 점점 머릿속을 지배했다. 학교 안에서 학점을 채우는 삶보다 현실의 사람 속으로, 민중 속으로 들어가 함께 호흡하며 살고 싶었다.

결국 1994년 나는 학교를 그만두고 무예 사범의 길을 선택했다. 나는 그 선택을 '졸업장을 버린 것'이 아니라 '다른 길을 택한 것'이라고 받아들였다.

학교를 나온 뒤 나는 덕성여대, 이화여대 등에서 민족무예를 지도했고 여름이면 서울 지역 대학생들을 모아 '민족무예학교'를 열기도 했다. 무예로 먹고살며 무예를 통해 사람을 만나고 무예를 통해 사회운동의 끈을 이어가던 시기였다. 덕분에 나는 '몸을 단련하고 사람을 만나고 공동체를 일구는 삶'이 무엇인지 깊이 체험할 수 있었다.

하지만 시간이 갈수록 또 다른 질문이 나를 찾아왔다.
"이 삶이 내가 꿈꿨던 운동가의 삶인가."
다람쥐 쳇바퀴처럼 반복되는 수련 지도 속에서 매너리즘과 회의가 조금씩 쌓여 갔다. '이 정도로는 세상을 바꿀 수 없다'는 생각이 고개를 들기 시작했다. 그리고 나는 또 하나의 결심에 이르렀다. '노동자가 되어야겠다.'

민중 속으로 들어가 함께 일하고 땀을 흘리며 노동 현장에서 사람들을 조직하고 싶었다. '현장'으로 들어가야 운동도 현실이 된다고 믿었기 때문이다.

세상을 바꾸기 전에 나부터 바뀌어야 했다
• • •

내 나이 스물여섯이던 1996년 2월.
나는 구로공단의 금형공장에 연마공으로 들어갔다. 내가 맡은 연마 작업은 쇠를 깎아 100분의 1밀리미터(0.01mm) 단위까지 맞추는 일이었다. 문과생이었던 나에게 공장은 완전히 다른 세계였다.

나는 사수에게 욕을 먹고 다시 배우며 또 실수하고 혼났다. 처음에는 '열심히 하면 되겠지'라고 생각했지만 그곳에서 '열심히만으로는 부족한 세계'가 있다는 것을 배웠다.

공장은 위험한 공간이기도 했다. 쇳가루와 소음, 회전하는 기계들 사이에서 하루를 버티다 보면 몸뿐 아니라 자존심도 깎여 나가는 느낌이 들었다. 인간관계는 수직적이었고 중국집 배달을 하던 시절 느꼈던 인간적 모멸감이 다시 떠오르기도 했다. '나는 지금 무엇을 증명하려고 여기 있는가'라는 질문이 종종 나를 흔들었다.

근로조건도 열악했다. 아침 8시 출근, 점심 식사, 오후 4시 반 저녁 식사, 밤 10시 퇴근. 청춘의 열정으로 들어갔지만 현실은 견고하고 무거웠다. 가끔 야간 작업 후 사수와 함께 삶은 달걀에 소주 한 병을 나눠 마시고 집에 돌아오면 그대로 뻗어 버리는 날들이 반복됐다.
그곳에서 나는 8개월을 버텼다.

'노동자 속으로 들어가 노동운동을 하겠다'던 내 의지는 현실의 벽 앞에서 무너져 내렸다. 내 의도는 분명했다. 기술을 배우고 노동 현장의 한 사람이 되며 그 속에서 사람들을 만나 의식화하고 조직하겠다는 것이었다. 그러나 나는 끝까지 버티지 못했다. 공장을 그만두고 나올 때 스스로에 대한 실망이 컸다.

'결국 나는 내가 하겠다고 한 일을 끝까지 완성하지 못했구나.'
그럼에도 불구하고 노동의 거칠고 냉혹한 현실을 몸으로 겪은 경험은 내 안에 깊이 새겨졌다. 그 경험은 이후 내가 '약자'와 '현장'을 바라보는 시선을 훨씬 더 날카롭고 진지하게 만들었다.

술자리

살면서 만난 술자리의 역사가 그 사람의 일생이다
찌는 여름날 별 총총할 때 동네 천변에서 미꾸라지
메기 모래무지 꺽지 피라미 붕어 매운탕 거칠게 끓여
양조장 막걸리 한 사발 불량하게 들이키며 동네 까까머리들과
섞여돌던 그때 그곳이 고향이다 가슴 저미는 그리움이다
울 엄니 품속이다
최루탄 지랄탄 난무하는 전쟁터에서 꽃병을 나누며 민
중이네 통일이네 목 터져라 외치고 나면 저물녘 그냥 돌아
가기 허전해 왠지 배가 고파 선후배 친구들과 감자탕 하나
시켜 놓고 밤새 소주잔 기울이며 혁명을 얘기하던 그 시절
그곳이 남루하나 아름답던 청춘이다
총 대신 삽 들고 작업 나가 선임하사 호의로 막걸리
추렴하여 한잔 걸치면 즐겁다가 갑자기 눈물이 핑 돌아
푸른 하늘에 보고픈 사람 하나하나 새기던 그때 그곳이
갈라져서 서러운 젊음이다
노동자 되겠다고 공단의 어느 사출공장 들어가 사수와
밤새 철야하고 공장 앞 점빵에서 소주 한 병 글라스에
나눠 마시고 찐 계란 욱여넣던 그 시절 그곳이 값졌으나
부끄러운 회한이다
어찌어찌 목구멍이 포도청인 직장에 들어가 넥타이
메고 출근하여 하루를 매달고 동료들과 마시는 술자리는
예전 같지 않은 가볍고 거나한 일상이 되었다
오늘도 어김없이 술자리가 기다리고 있다

– 이원호 시집, 새들을 태우고 바람이 난다 중에서 –

다시 학교 그리고 법으로

...

결국 나는 다시 학교로 돌아왔다. 부족한 학점을 채우며 1997~1998년까지 2년을 더 다녔다. 이 시기는 내가 살아온 길과 앞으로 가야 할 길 사이에서 어쩌면 조금 길게 방황하던 시간이었는지도 모른다.

1999년 2월 나는 마침내 대학을 졸업했다. 그리고 그해 4월 17일 아무것도 가진 것 없는 상태에서 결혼을 했다. 그 무렵 나는 앞날에 대해 많은 생각을 하게 됐다.

'나는 무엇을 감내할 수 있는 사람인가.'
'세상을 바꾸려면 우선 나 자신부터 변해야 한다.'

그 질문은 시간이 갈수록 더 깊어졌고 결국 나를 '법을 공부하는 길'로 이끌었다. 세상을 바꾸고 싶다면 나 자신이 먼저 법의 언어와 제도 안에서 움직일 힘을 길러야 한다고 생각했기 때문이다.

그리고 나는 그 길이 결국 내가 다시 세상을 향해 책임 있게 서는 방식이라고 믿게 되었다.

8장

사법고시와 민변,
법의 언어로 약자 편에 서다

"삼성전기 성희롱 사건은 나에게도 중요한 전환점이 되었다.

'법으로 약자의 편에 선다는 것이 무엇인지'를 가르쳐 준

사건이었기 때문이다. 한 사람의 삶을 지키는 일이 곧 사회의 기준을

바꾸는 일이라는 사실을 나는 이 사건을 통해 깊이 깨달았다."

서른 살, 늦깎이의 사법고시 도전

• • •

서른 살, 나는 조금 늦게 출발선에 섰다.

학교로 돌아와 뒤늦게 복학했고 어렵사리 졸업장을 손에 쥐었을 때의 나이는 이미 서른이었다. 기술도 없었고 학점은 높지 않았으며 어학 실력이나 자격증도 없었다. 게다가 구치소를 다녀온 이력까지 있었다. 물론 사면·복권을 받아 법적 제약은 없는 상태였지만 '서른 살의 전과 있는 무경력 청년'에게 한국 사회가 내미는 일자리의 문은 생각보다 훨씬 좁았다.

그러던 중 내 눈에 들어온 것이 '마약수사관'이었다. 운동을 꾸준히 해왔고 체력에도 자신이 있었기에 형법과 형사소송법을 공부해 마약 수사직 공무원에 도전해 보고 싶다는 생각이 들었다. 그래서 마약수사관 시험 공부법을 물어보기 위해 전남대 법대를 졸업하고 사법고시를 준비하던 친구를 만나러 광주에 내려갔다. 그런데 바로 그 자리에서 내 인생의 방향이 완전히 달라졌다.

그 친구는 이렇게 말했다.

"어차피 공무원 시험을 볼 거라면 그냥 사법고시를 한 번 해보는 게 어때? 집중력도 있고 한 번 파면 끝까지 가는 성격이잖아."

그 말이 묘하게 가슴에 박혔다. '그래, 한 번 제대로 도전해 보자. 어차피 잃을 것도 없지 않은가.' 도전 욕구와 성취욕이 조용히 고개를 들었다. 그렇게 나는 마약수사관 준비가 아니라 사법고시 수험생이 되기로 마음먹었다.

결혼을 한 뒤 나는 신림동 고시촌 근처에 신혼집을 얻었다. 그때부터 나는 철저히 규칙적인 생활을 했다. 마치 회사에 출근하듯 아침 8시에 독서실로 향했다. 오전에는 공부, 점심을 먹고 오후에는 강의를 듣거나 다시 독서실로 돌아와 정리, 밤 9시에서 10시 사이에 귀가하는 생활. 다음 날도 똑같은 패턴이었다. 단 하루도 흐트러뜨리지 않고 시간을 쌓아 갔다.

그렇게 흘러간 시간이 3년 반이었다.
그 3년 반이 내가 사법고시에 온전히 바친 시간이었다.
첫 번째 1차 시험은 1년 만에 합격했다. 그러나 2차 시험에서 연달아 두 번 고배를 마셨다. 다시 1차 시험 준비에 들어갔고 곧바로 재합격했다. 그리고 5개월 뒤 마침내 2차 시험에 최종 합격했다.

법대 출신도 아니었던 내가 3년 반 만에 사법고시에 합격했고 그것도 1000명 합격자 가운데 130등이라는 우수한 성적으로 사법연수원에 입소하게 됐다.

불안 속에서도 흔들리지 않았던 이유

...

'그 과정이 힘들지 않았느냐'고 묻는다면 물론 힘들었다. 장래는 불안했고 시험은 언제든 다시 떨어질 수 있었다. 결혼한 지 얼마 지나지 않아 첫째 아이도 태어났다. '이제 그만 공부하고 빨리 취업해서 가족부터 책임져야 하는 것 아닌가'라는 압박을 느꼈어도 전혀 이상하지 않은 상황이었다.

그런데 이상하게도 나는 크게 조급하지 않았다. 서울교대를 나온 아내가 현직 교사로 일하며 생활비를 책임지고 있었던 것도 내가 공부에 집중할수 있었던 중요한 이유였다. 지금 생각해도 아내에게는 말로 다 할 수 없을만큼 고마운 마음뿐이다.

내 성향 또한 한몫했다. 나는 도전을 시작하면 쉽게 포기하는 성격이 아니고 원래부터 걱정을 많이 하지 않는 편이다. 어머니가 어려운 환경 속에서도 늘 웃으며 살아오신 분이라 어쩌면 그 낙천성이 그대로 내게 전해진 것인지도 모르겠다.

무엇보다 법 공부 자체가 재미있었다. 처음에는 법에 대해 완전히 문외한이었다. 그러나 책을 들여다볼수록 우리가 살아가는 거의 모든 일상이 법의 테두리 안에 놓여 있다는 사실이 무척 흥미로웠다.

아침에 일어나서 잠자리에 들 때까지 일어나는 크고 작은 사건들이 모두 법률 관계로 설명될 수 있었다. 가게에서 물건 하나를 사는 일조차 '매매'라는 법률 개념으로 분석하고 정리할 수 있었다.

일상의 풍경을 법의 언어로 해석해 나가는 과정은 퍼즐을 맞추는 것처럼 재미있었다.

사법연수원에 들어가면 많은 이들이 판사나 검사를 꿈꾼다. 그러나 나에게 판·검사는 매력적인 자리가 아니었다. 학생운동을 하며 국가폭력과 공권력의 이면을 직접 경험했던 나에게 그 자리는 체질적으로 맞지 않았다.

특히 사법연수원 시절, 판사·검사·변호사를 각각 두 달씩 수습으로 경험할 기회가 있었다. 검사는 경찰이 송치한 수사기록을 검토하고 피의자를 조사한 뒤 기록을 토대로 기소 여부를 판단한다. 판사는 검사가 제출한 기록을 바탕으로 재판을 진행하고 판결문을 작성한다. 모두 중요한 역할임은 분명했다.

그러나 나는 사람을 직접 만나 부딪히고 함께 해답을 찾아가는 일이 내 성향에 훨씬 더 잘 맞는다는 것을 분명히 느꼈다. 그래서 나는 변호사의 길을 선택했다.

삼성전기 사건, 성희롱·2차 가해의 기준을 세우다

...

나는 변호사 개업을 준비하던 친구들과 함께 '법률사무소 정률'을 설립했다. 다섯 명이 충무로 극동빌딩 22층에 사무실을 얻었다. 취지는 좋았지만 현실은 녹록지 않았다. 이상과 현실의 간극은 컸고 결국 3년쯤 지나 우리는 해산하게 됐다.

그 무렵 나는 일반 형사 사건, 재산 분쟁, 가족·이혼 사건 등 개인과 기업의 이해관계가 얽힌 사건들을 두루 맡으며 사람들을 많이 만났다. 이 시기의 목표는 분명했다. 사무실을 경제적으로 안정 궤도에 올리는 것. 그래서 나는 말 그대로 발로 뛰었다.

그 무렵 맡게 된 사건이 바로 '삼성전기 성희롱·집단 따돌림 사건'이었다. 이 사건은 단순한 직장 내 성희롱 사건이 아니었다.

성희롱 → 신고 → 회사의 묵인과 방치 → 2차 가해 → 피해자의 정신적 붕괴. 한국 기업 문화의 어두운 구조가 고스란히 드러난 사건이었다.

사건의 전말은 이랬다. 삼성전기에 근무하던 한 여성 직원이 있었다. 대학을 졸업하고 대기업에 입사해 성실히 일하던 사람이었다. 그런데 출장 중 상사가 머리를 쓰다듬고 등과 목덜미를 만지며 엉덩이를 치는 성적 언행을 반복했다. 그녀는 큰 용기를 내 회사에 이를 신고했다.

그러나 회사의 대응은 가해자에 대한 엄정한 징계가 아니었다. 피해자에 대한 보복이었다.

그녀를 대기 발령한 뒤 다른 부서로 옮기고 조직적으로 따돌렸다. 새 부서에서는 아무 일도 주지 않았고 회의에서도 배제됐으며 점심 식사 자리에서도 혼자 남겨졌다. 말 그대로 '유령 인간'이 된 것이다.

이런 인사 불이익과 집단 따돌림이 2년 가까이 이어지면서 그녀는 극심한 우울과 자책, 절망에 빠졌다. 온갖 구제 수단을 찾아 헤매다 결국 자살 시도까지 하게 됐다.

그렇게 무너진 상태에서 그녀는 나를 찾아왔다. 내 명성을 듣고 온 것이 아니었다. 변호를 맡아 줄 변호사를 찾지 못했다고 했다. 과거 민족무예 '경당' 인연으로 알게 된 지인이 "이원호 변호사라면 해 줄 것이다. 한 번 찾아가 보라"고 소개해 주었고 그렇게 나와 만나게 된 것이다.

나 역시 부담스러웠다. 상대는 거대한 기업 삼성. 그러나 나는 거대 조직 앞에서 한 개인의 삶이 무너지는 모습을 외면할 수 없었다.

그래서 이렇게 말했다.

"한번 해봅시다."

그렇게 나는 이 싸움에 들어갔다.

나는 이 사건을 '법정 싸움'과 '여론 싸움'이라는 두 축으로 풀어야 한다고 판단했다. 법정에서는 증거와 논리로 정면 승부를 하고 동시에 언론을 통해 사회적 공감을 만들어 내는 전략이었다. 삼성은 기업 이미지에 민감한 조직이었다. 그래서 나는 법정 대응을 치밀하게 준비하는 한편 기자들을 만나 사건의 전말을 설명했다.

그 결과 이 사건은 단순한 회사 내부 분쟁이 아니라 '직장 내 성희롱과 2

차 가해'라는 구조적 문제로 공론화되기 시작했다.

  그리고 1년 반에 걸친 재판 끝에 법원은 우리 주장을 대부분 받아들였다. 처음 청구한 손해배상액은 5억 원이었지만 인정된 위자료는 약 3~4천만 원이었다. 당시 우리 법 제도는 징벌적 손해배상을 인정하지 않았고 위자료 액수에 보수적인 태도를 취하고 있었다. 그러나 이 사건의 진짜 의미는 금액이 아니었다.

  법원은 "성희롱 이후 삼성전기의 불합리한 인사 조치와 조직적 따돌림, 업무 배제는 명백한 '2차 가해'이며 회사는 이에 대한 손해배상 책임을 진다"고 판결했다.

  이 판결은 한국 사회에서 직장 내 성희롱 2차 가해에 대해 '회사의 책임'을 처음으로 명확히 인정한 판결로 평가받고 있다. 이후 지상파 방송을 포함해 여러 차례 인터뷰가 이어질 만큼 사회적 파급력도 컸다.

무엇보다 가장 기뻤던 것은 그 피해 여성이 이 싸움을 통해 다시 삶을 회복했다는 사실이었다. 그녀는 회사를 그만둔 뒤 로스쿨에 진학했고 현재는 성희롱·성폭력 전문 변호사로 활동하고 있다.

이 사건은 나에게도 중요한 전환점이 되었다. '법으로 약자의 편에 선다는 것이 무엇인지'를 가르쳐 준 사건이었기 때문이다. 한 사람의 삶을 지키는 일이 곧 사회의 기준을 바꾸는 일이라는 사실을 나는 이 사건을 통해 깊이 깨달았다.

또한 한 사람의 존엄을 지키는 일이 곧 사회 정의라는 사실도 분명해졌다. 피해자의 고통을 개인의 불행으로 남겨두지 않고 기업과 사회의 문제로 끌어올려 판결문이라는 공적 기록으로 남겼다.

그 판결 이후 수많은 성희롱·2차 가해 사건에서 이 사건은 중요한 기준점이 되었고 나는 그 기준선이 우리 사회를 아주 조금이나마 앞으로 옮겨 놓았다고 믿는다.

9장

변호사이자 시인,
세계를 바라보는 두 개의 창

"시인은 삶을 응시하는 사람이고 정치인은 삶을 바꾸려는 사람이다.

오늘도 나는 한 줄의 문장과 한 걸음의 실천을 이어 가고 있다."

'새들을 태우고 바람이 난다'
40여 년 인생을 돌아보며 쓴 시집 출간

· · ·

2014년 6월 선거가 끝난 뒤였다.

내가 살던 신림동 집 근처에 작은 도서관이 하나 있었다. 크지 않은 동네 도서관이었는데 어느 날 무심코 서가 사이를 걷다가 한 권의 책을 집어 들었다. 제목은 『시인으로 산다는 것』이었다.

여러 시인들이 '왜 시를 쓰게 되었는지, 시란 무엇인지, 시인으로 산다는 것은 어떤 삶인지'를 각자의 언어로 풀어낸 책이었다. 책장을 넘길수록 이상하게도 마음이 끌렸다. 법정과 운동, 정치와 거리에서 쓰던 말들과는 전혀 달랐다. 그런데도 그 문장들은 낯설지 않았다. 오히려 내 안 깊은 곳을 조용히 두드리는 느낌이었다. 그 책은 내 안 어딘가에 숨어 있던 무언가를 건드렸다.

사실 나는 구치소에 있을 때 단편소설을 한 편 쓴 적이 있다. 그 원고는 선배에게 건넸다가 그대로 잃어버렸지만 내 안에는 문학에 대한 동경이 오래 남아 있었다. 『시인으로 산다는 것』은 그 오래된 동경에 잔잔한 파동을 일으켰다.

그때 나는 문득 이런 생각이 들었다.
'나도 한 번 시를 써 보고 싶다.'

그리고 실제로 펜을 들었다. 시를 쓰기 시작한 뒤 내 일상은 조금씩 달라졌다. 나는 시를 읽고 쓰며 배우는 사람들 속으로 들어갔다. 선생님 밑에서 시를 배우며 시가 단지 감정만으로 쓰는 글이 아니라는 사실을 몸으로 익혀 갔다. 시는 '감정의 분출'이 아니라 감정을 다듬어 의미로 바꾸는 작업이라는 것도 그때 알게 됐다.

시를 쓰는 지망생들과 서로의 시를 내놓고 품평회도 했다. 누군가 내 시의 허점을 짚어 주면 아프기도 했지만 그만큼 정직하게 다시 쓰게 됐다.

당시에는 하루에 3~4편씩 시를 쓰기도 했다. 물론 그중 상당수는 버렸지만 살아남은 것들은 퇴고에 퇴고를 거듭하며 다듬었다. 나는 시를 쓰면서 내 삶을 쭉 되돌아볼 수 있었다. 내가 지나온 길을 사실로만 정리하는 것이 아니라 '감각과 마음'으로 다시 복원하는 시간이기도 했다.

내가 첫 시집을 묶어냈을 때 서평을 써 준 시인 최상우는 내 시집을 '젊은 날에 대한 애도'라고 표현했다. 내게 시를 쓰는 일은 젊은 날에 대한 작별이었고 동시에 앞으로의 시간을 위해 마음을 비우는 일이었다.

학생운동과 구치소, 구로공단 공장과 민족무예, 민변 활동, 재판정과 거리에서의 시간들. 나는 내 삶의 모든 궤적을 시를 통해 다시 응시하고 하나씩 인사를 전했다.

시를 다 쓰고 나니 언젠가부터 마음이 한결 가벼워졌고 마치 스스로를 정화한 듯한 느낌이 들었다. 내 안에 꾹꾹 눌러 두었던 말들을 시라는 형식으로 천천히 풀어내는 느낌이었다.

유독 마음이 가는 시들: '술자리', '담쟁이', '작살'
...

내 시집에는 여러 작품이 실려 있지만 유독 마음이 가는 시들이 있다. '술자리', '담쟁이', '작살' 같은 시들이다.

'술자리'는 내 인생을 관통하는 장면이 담긴 시다. 내게 술자리는 단순한 유흥이 아니었다. 동지들과 함께 패배를 나누고 미래를 논의하며 다시 결의를 다지던 자리였다. 탄압과 해방, 웃음과 눈물이 한데 뒤섞인 공간. 그모든 시간이 '술자리'라는 한 편의 시에 압축돼 있다.

'담쟁이'는 내 의지를 상징하는 시다. 겨울이면 죽은 듯 말라붙어 있다가도 봄이면 놀라운 속도로 벽을 뒤덮는 담쟁이. 혼자서는 넘을 수 없는 벽도함께 엉겨 올라가면 넘을 수 있다는 사실을 담쟁이의 끈질긴 생명력에서 보았다. 담쟁이는 사람들과 함께 도전해서 이루겠다는 내 의지를 드러낸다.

'작살'은 신림동 도림천에서 왜가리를 보고 쓴 시다. 천 위에 서서 물고기를 노리는 왜가리의 긴 부리 끝에는 생존의 비애와 집요한 의지가 함께 서있었다. 나는 그 모습을 보며 삶의 근원적인 슬픔을 떠올렸다. 삶은 결국각자가 버텨내야 하는 길이고 대신 살아 줄 수 없는 숙명이라는 것.

그렇다고 시가 내 삶의 모든 감정을 다 담아 주는 것은 아니었다. 인간의마음은 너무 복잡하고 깊어 어느 시인이든 전부를 글로 옮기는 것은 불가능에 가깝다. 나 역시 감정의 일부는 끝내 글로 옮기지 못했다. 다만 시는말로 다 옮기지 못한 감정의 '윤곽'만큼은 남겨 주었다.

법과 시, 정말 정반대의 언어일까

...

사람들은 종종 묻는다.

"법과 시, 둘은 완전히 정반대의 언어 아닌가요?"

겉으로만 보면 그 말이 맞는 것처럼 보인다. 법은 논리적이고 딱딱한 언어, 시는 부드럽고 감성적인 언어. 그러나 나는 둘이 생각보다 많이 닮아 있다고 느낀다.

법 조문은 겉으로 보기에는 건조한 문장 몇 줄에 불과하다. 하지만 그 안에는 숱한 사건과 판례, 인간사가 응축돼 있다. 판사, 검사, 변호사들은 그 문장 속에 숨어 있는 의미를 끄집어내야 하고 각 사안에 맞게 해석해 내야 한다.

좋은 시가 늘 여러 의미를 품고 있는 것처럼, 법 조문도 다양한 해석을 요구한다. 그 내면의 의미를 읽어내는 일은 법률가의 일이기도 하고 시인의 일이기도 하다.

많은 사람들이 시를 '감성으로만 쓰는 글'이라고 생각한다. 하지만 나는 조금 다르게 본다. 좋은 시가 나오기 위해서는 끝없는 퇴고가 필요하다. 수미상관, 단어 사이의 연관성, 행과 행 사이의 여백과 호흡. 어떤 시인은 '시를 쓴다'가 아니라 '시를 만든다'는 표현을 쓰기도 한다.

나도 10년 전에 쓴 시를 다시 고치기도 한다. 샤워를 하다가 번뜩 떠오른 단어를 휴대폰 메모장에 적어 두었다가 다시 잠들기도 했다. 그런 시간을 거쳐 한 편의 시가 나온다. 그 과정에서 나는 관찰력, 세심함, 통찰력, 문장력을 키웠다.

시를 쓰기 위해서는 사물을 오래, 깊게 바라봐야 한다. 표면만 훑는 눈으로는 좋은 시가 나오지 않는다. 그래서 나는 시를 쓰기 시작한 뒤부터 사람과 사건을 바라보는 방식이 달라졌다. 눈앞의 사건만 보는 것이 아니라 그 뒤에 숨겨진 삶의 이야기까지 함께 생각하게 됐다.

시를 쓰면서 얻은 것: 무엇이든 더 깊게 보는 습관
...

시를 쓰면서 나는 사람과 세계를 대하는 태도가 바뀌었다. 사람과 세상을 더 깊이 들여다보게 되면서 더 너그럽게 바라볼 수 있게 됐다. 단지 '법률적 이해관계자'가 아니라 각자 고유한 서사를 지닌 한 인간으로 느끼게 됐다.

그래서 나는 종종 이렇게 말한다.

"시를 썼다고 해서 전혀 다른 사람이 된 건 아니지만 사람과 세상을 대하는 마음은 분명 달라졌다."

2016년 12월 16일, 나는 마침내 첫 시집을 출간했다. 출판기념회는 거창하지 않았다. 가까운 지인들을 초대해 조용히 자축하는 자리였다. 그런데 주변 반응은 사법고시 합격 때처럼 예상보다 뜨거웠다.

대학 시절 나는 '단무지(단순, 무식, 지랄)'라는 별명으로 불리기도 했다. 그런 내가 사법고시에 합격했을 때도 주변 지인들은 동국대 최고의 미스터리라며 놀라워했다. 그리고 이제는 시집까지 냈다는 사실이 사람들에게는 믿기지 않는 일처럼 보였던 모양이다. 그래서 어떤 이들은 내게서 '희망과 절망'을 동시에 본다고 농담하기도 한다.

"이원호도 하는데 나라고 못 하겠어?"라는 희망과

"이원호도 하는데 나는 뭐지…"라는 절망이 함께 떠오른다는 뜻이다.

나는 그 말을 들을 때마다 웃음이 나면서도 한편으로는 묘한 책임감을 느낀다. 누군가에게 '포기하지 않아도 된다'는 메시지를 줄 수 있다면 그것만으로도 의미가 있지 않을까하는 생각이 들기 때문이다.

내 시집을 읽은 사람들 중에는 "정치하지 말고 시를 더 쓰라"고 말하는 이들도 있다. 그런 말을 들을 때면 기분이 좋으면서도 어깨가 더 무거워지는 느낌이 든다. 내 안의 두 언어인 '법'과 '시'를 둘 다 포기하지 않아야겠다는 다짐이 더 선명해지기 때문이다.

독자들에게 바라는 점을 묻는다면 나는 이렇게 말할 것이다.
"거창한 것보다 제 시를 읽고 조금이라도 위로를 받으셨으면 좋겠습니다."
사실 작가도 사람인지라 누군가 "이 구절이 참 좋았다"고 말해 주면 그게 가장 큰 위로가 된다. 나는 그 정(情)의 교류가 시라는 매체가 가진 힘이라고 믿는다.

시집을 통해 나는 젊은 날의 삶을 한 번 정리했고 마음을 비워냈다. 그리고 앞으로 인생 2막을 어떻게 채울 것인가 고민했다. 어디에서, 누구와, 무엇을 위해 살아갈 것인가.

그리고 결국 나는 그 답을 남양주에서 찾게 됐다. 아마 시를 통해 나 자신을 충분히 들여다보지 않았다면 시민의 곁으로 한 걸음 더 내딛는 결심을 하진 못했을 것이다.

시인은 삶을 응시하는 사람이고 정치인은 삶을 바꾸려는 사람이다. 오늘도 나는 한 줄의 문장과 한 걸음의 실천을 이어 가고 있다.

10장

다시 만난 남양주,
동네변호사에서 시민과 함께하기까지

"자주 인내천(人乃天)을 떠올린다. '사람은 곧 하늘'이라는 동학의 말이다.

시민 한 사람, 한 사람이 그 자체로 존엄한 존재이고 하나의 우주다.

그리고 이들의 삶이 모여 도시의 얼굴을 만든다.

나는 정치의 출발점이 바로 여기에 있다고 믿는다."

"인생 2막은 민주당과 남양주에서 시작해 보겠다."
...

시집을 묶어내던 그 무렵 나는 마흔여섯, 마흔일곱의 문턱에 서 있었다. 나는 시집을 출간하며 지난 삶을 한 번 정리했고 그 과정에서 마음속에 쌓여 있던 것들을 조금씩 비워냈다. 그리고 그제야 다음 삶의 방향이 조금 더 선명해졌다.

그 길의 출발점에는 다시 한 번 남양주라는 도시가 서 있었다.

남양주는 군대에서 처음 인연을 맺은 도시였다. 나는 가평 현리의 맹호부대 808포병대대에서 군 생활을 시작했고 새로 창설되는 남양주 덕소 7포병여단으로 전출을 갔다. 아무것도 갖춰지지 않은 부대에서 하나씩 시설을 만들고 체계를 세워 가며 살아낸 시간이 내 몸과 기억에 깊게 남아 있다. 훗날 내가 남양주를 떠올릴 때마다 그 시절의 흙냄새와 땀냄새가 먼저 떠오르는 이유도 그 때문이다.

세월이 흘러 변호사가 되었고 서초동에서 사무실을 운영하며 안정된 삶을 살고 있었지만 내 안에는 늘 설명하기 어려운 허전함이 남아 있었다. 학생운동과 구치소, 공장 노동자, 민족무예 사범, 인권변호사, 그리고 서초동 대표 변호사까지. 격정의 시간들은 어느새 나를 중년으로 이끌었다.

겉으로 보기에는 '괜찮은 변호사'로 자리를 잡았지만 마음속에서는 질문이 자꾸 올라왔다.
'내가 정말 여기서 끝까지 이렇게만 살아도 괜찮은가.'

두 발이 땅에 완전히 닿지 않은 듯한 공허함이 있었다. 그 감정을 더는 외면하지 않기로 했을 때 답은 의외로 비교적 명확했다. '새 술은 새 부대에 담아야 한다.'

마흔일곱이 되던 2017년, 나는 서울 서초동 대표 변호사의 안락한 자리를 뒤로하고 남양주 진건에 새 둥지를 틀었다. 그리고 그해 8월 더불어민주당에 입당했다.

소수정당의 한계를 넘어서 실제로 권한을 행사할 수 있는 제도권 정당. 그리고 그중에서도 현실 정치의 중심에 서 있는 더불어민주당은 내가 선택한 최고의 도구였다. 그리고 더불어민주당의 강령은 내 생각과도 가장 가까웠다.

한편, 나는 이즈음 '김대중대통령'이라는 우리 현대 정치사의 거목을 진정으로 알게 되었다. 네 번의 죽을 고비와 수십 년간의 망명, 연금, 6년간의 감옥생활을 겪으면서도 '민주주의'와 '경천애인'을 신념으로 자신의 삶과 역사를 바꾸었던 정치가, 끝까지 역사와 민족을 믿고 민족통일의 염원을 청사진으로 제시한 지도자, 고난으로 점철된 험난한한 여정 속에서도 꽃과 새, 작고 약한 것들을 사랑하며 낙천성을 잃지 않았던 김대중선생님. 거인이 걸어간 길을 따라 걷고 싶었다.

'이제는 바깥에서 비판하는 것만으로는 부족하다. 안으로 들어가 책임을 지고 구조를 바꾸는 싸움을 해야 한다.'
나는 그렇게 마음을 정리했다.

2020년, 2022년 두 번의 출마가 남긴 것

...

입당 후 나는 '가짜뉴스법률대책단' 부단장을 맡았다. 허위조작정보와 싸우는 최전선에서 법률가로서 역할을 시작한 셈이다. 허위조작정보를 단순한 실수가 아니라 표현의 자유를 빌미로 사실을 의도적으로 비틀어 타인의 명예와 공동체의 신뢰를 파괴하는 행위라고 봤다. 나는 이것을 분명한 '범죄에 가까운 행위'라고 생각했다.

가짜뉴스법률대책단 활동을 하며 우리는 약 500건에 가까운 고소·고발을 진행했다. 하지만 한국에서 허위정보 유포에 대한 형사처벌은 아직 무겁지 않고, 민사 손해배상도 100만~200만 원, 많아야 1000만~2000만 원에 그치는 경우가 적지 않다. 이런 현실에서 나는 꾸준히 징벌적 손해배상제 도입의 필요성을 주장해 왔다. 징벌적 손해배상제란, 실제 피해액보다 훨씬 큰 금액을 배상하게 해서 '다시는 못 하게 만드는' 제도다.

물론 시간이 지나면 비슷한 양상이 또 반복되기도 한다. 그래도 누군가는 '허위조작정보는 그냥 두고 볼 수 없다'는 신호를 보내야 했다. 입당 이후, 일상적인 정당 활동과 대선 캠프 등에서 나는 줄곧 가짜뉴스 대응을 맡으며 민주당 정치의 내부를 온몸으로 경험해 왔다.

그리고 민주당에서 다양한 활동을 하면서 나는 두 차례 직접 선거에 도전했다.

2020년에는 남양주병 국회의원 예비후보로 등록했다. 나는 세 명의 예비후보 가운데 경선을 준비하고 있었는데 당이 전략공천을 발표하면서 경선 자체가 사라졌다.

2022년 지방선거에서는 남양주 시장 선거에 도전했다. 7~8명의 예비후보가 등록했으나 그중 세 명만 경선 대상이 되었고 나는 경선의 기회조차 갖지 못했다.

그럼에도 나는 이 두 번의 경험을 통해 분명한 사실을 몸으로 배웠다. 민주당에서 출마한다는 일은 단지 '의지'만으로 되는 일이 아니었다. 지역에서 쌓은 역사, 시민사회와 정당 안팎에서 쌓아온 신뢰, 함께한 시간들이 중요한 요소였다.

그래서 나는 이렇게 마음을 다잡았다.

'농부는 밭을 탓하지 않는다.'

스스로 부족하다고 생각했고 실력을 키우기 위해 더 애썼다. 결국 정치도 실력이고 실력은 시간과 태도에서 나온다는 사실을 다시 확인했다.

정당 활동과 시민사회 활동, 두 개의 축

...

정당 활동과 함께 나는 남양주에서 시민사회 활동을 또 하나의 축으로 삼았다.

한반도평화번영통일남양주시민회 공동대표, 기후위기남양주비상행동 상임대표, 2050세계남양주 정책포럼 상임대표, 남양주종교인평등연대 감사, 남양주시민사회연대 공동대표 활동 등이다.

평화, 번영, 통일, 기후위기, ESG, 종교 간 평등, 시민사회 연대. 이 키워드들은 곧 내가 남양주에서 붙잡고 있는 가치의 목록이기도 하다. 그리고 나는 그 가치를 '구호'가 아니라 '현장'에서 확인하고 싶었다.

나는 남양주에서 동네변호사로 시민들과 부대끼며 보낸 시간을 소중히 여긴다. 다양한 상담과 사건을 통해 나는 남양주 시민들의 삶을 가장 가까운 자리에서 지켜보았다. 빚 문제, 주거 불안, 노동 현장에서의 부당함, 가족 간 갈등…. 상담실에 들어와 털어놓는 사연들은 결국 이 도시가 안고 있는 구조적 문제와 연결돼 있었다.

그래서 나는 사람들을 만나고 돌아서면, 자주 인내천(人乃天)을 떠올린다.

'사람은 곧 하늘'이라는 동학의 말이다. 시민 한 사람, 한 사람이 그 자체로 존엄한 존재이고 하나의 우주다. 그리고 이들의 삶이 모여 도시의 얼굴을 만든다. 나는 정치의 출발점이 바로 여기에 있다고 믿는다.

정치를 하면서 나는 겸손해졌다. 시민들을 가까이 만나면서 세상을 이해하는 폭이 넓어졌고 특정 이념이나 진영에 갇힌 시각이 아니라 한 사람 한 사람의 목소리를 더 소중하게 듣게 됐다.

그래서 정치는 결국 시민이 하는 것이고 정치인은 그 길을 옆에서 함께 걷는 동료일 뿐이라고 생각하게 됐다.

남양주는 백봉산·천마산·철마산·서리산 등 산과 강으로 둘러싸인 도시다. 나는 남양주에 온 뒤 시간이 날 때마다 산을 찾는다. 새벽에 뒷산을 오르며 생각을 정리하고 스스로를 돌아보는 짧은 명상의 시간을 가진다.

서울에 있을 때 나는 늘 어딘가 현실에서 붕 떠 있는 느낌이 있었다. 하지만 남양주에 정착한 뒤에는 비로소 두 발이 땅에 단단히 닿는 느낌을 받았다.

이 도시에서 시민들과 함께 밭을 일구고 함께 씨를 뿌리며 함께 열매를 거두는 일을 이루어 나가고 싶다. 그게 내가 다시 남양주로 돌아온 이유이고 동네변호사에서 시민의 곁으로 한 걸음 더 다가가게 된 이유다.

PART 2

WHY
지금인가

1장

두 번의 무혈혁명,
시민주권에서 주민주권으로

"내가 초등학교 5학년이던 시절에 보았던 광주 민주화운동의 시민들
손에는 '총'이 들려 있었다. 대학 시절 거리에서는 '화염병과 쇠파이프'가
등장했다. 그러나 2016년 우리는 '촛불'을 들었고 이제는 비가 오나
바람이 부나 꺼지지 않는 '응원봉'으로 민주주의를 밝히고 있다."

촛불혁명과 빛의 혁명이 남긴 메시지
...

"대한민국의 주권은 국민에게 있고 모든 권력은 국민으로부터 나온다."
헌법 제1조 제2항에는 이렇게 적혀 있다. 짧고 단순한 문장이지만 이 문
장이 현실이 되기까지 우리 사회는 참으로 긴 시간을 돌아왔다.

선거 때만 되면 국민이 주인인 것처럼 보이지만 막상 선거가 끝나고 나면
정치와 국민의 삶은 분리되는 일이 반복돼 왔다. 그 결과 민주주의는 형식
만 남은 채 관성처럼 굴러가곤 했다.

그러나 2016년의 촛불혁명과 2024년 12월 3일의 빛의 혁명은 이 오래된 관성을 분명하게 끊어냈다. 나는 이 두 사건을 줄곧 '두 번의 무혈혁명'이라고 불러왔다. 총, 폭력, 유혈충돌 없이 오직 시민의 힘만으로 민주주의를 다시 세운 혁명이었기 때문이다.

헌정 질서를 흔들고 민주주의를 위협한 권력을 향해 국민들은 스스로 광장으로 나왔다. 그 결과 대통령의 탄핵과 파면이라는 역사적 결정을 이끌어냈다. 이 과정은 어느 정치인, 어느 권력기관도 국민의 뜻 위에 설 수 없다는 사실을 분명히 보여주었다.

나는 그 장면들을 지켜보며 확신하게 됐다.
이 나라의 최종 권력은 정치권력이 아니라 국민이라는 것, 그것이 민주주의의 본질이라는 사실을 말이다.

2016년 겨울, 나는 거의 매일 광화문 촛불집회 현장에 나가 있었다. 누가 시켜서도 아니고 조직에 동원돼서도 아니었다. 한 나라의 시민으로서 그리고 역사의 전환점 앞에 선 한 사람으로서 그 자리에 있어야 한다는 책임감 때문이었다.

나는 나라가 흔들릴 때 광장에 서는 일이야말로 민주주의를 지키는 가장 직접적이고도 가장 평화적인 참여 방식이라고 믿었다.

총도 없고 화염병도 없었다. 사람들의 손에 들린 것은 오직 작은 촛불 하나뿐이었다. 그러나 그 촛불은 결국 모든 것을 바꿔놓았다. 시민들은 서로를 보호했고 스스로 질서를 만들었다. 아이들이 부모의 손을 잡고 광장에 나오는 모습은 세계 어디에서도 쉽게 볼 수 없는 장면이었다.

그 풍경을 보며 우리 국민은 이미 민주주의를 감당할 만큼 충분히 성숙해졌다는 사실을 마음 깊이 느꼈다.

성숙한 국민, 강한 공동체가 만든 나라

...

촛불집회에 나설 때마다 내 머릿속을 떠나지 않던 한 문장은 김대중 대통령의 말이다.

"현실의 법정에서 사형을 선고받는다 해도 역사의 법정은 나를 무죄로 할 것이다. 국민이 나를 지켜줄 것이다."

많은 정치인이 '국민'과 '역사'를 쉽게 말한다. 그러나 그 말의 무게를 실제 삶과 정치로 견뎌낸 지도자는 많지 않다. 이 문장은 단순한 수사가 아니라 국민에 대한 절대적 신뢰와 민주주의에 대한 확신에서 나온 고백이었다.

촛불혁명은 국민이 스스로 판단하고 행동하며 나라의 방향을 바로잡는 힘 그 자체라는 사실을 보여주었다.

평소 시민들은 각자의 삶에 바빠 정치에 무관심해 보이기도 한다. 그러나 역사의 결정적 순간이 오면 국민은 언제나 거대한 물결처럼 하나로 움직여 왔다. 1980년 광주 민주화운동이 그랬고 1987년 6월 항쟁이 그랬으며 2016년 촛불혁명 역시 마찬가지였다.

"과거가 현재를 살리고 죽은 자가 산 자를 살린다."

한강 작가의 이 문장은 한국 민주주의의 역사를 정확히 꿰뚫고 있다. 과거 총을 들고 싸웠던 시민들, 화염병을 들고 거리로 나섰던 청년들의 피와 눈물은 오늘날 촛불이라는 평화적 저항의 토양이 되었다.

그 과정 속에서 우리 국민은 더욱 성숙해졌고 우리 사회는 더 단단한 공동체로 성장했다.

총·화염병·촛불·응원봉의 시대를 통과하며
...

그리고 10년이 흘러 2024년 12월 3일 또 한 번의 '빛의 혁명'이 일어났다. 평온한 일상 속에서 갑작스럽게 시도된 계엄은 우리 민주주의가 아직 완성형이 아니며 언제든 후퇴할 수 있다는 불편한 현실을 드러냈다.

그러나 그 순간에도 국민들은 주저하지 않았다. 계엄과 동시에 시민들은 국회 앞으로 모였고 무장한 경찰과 군인, 탱크 앞에 맨몸으로 섰다. 과거와 마찬가지로 국민은 다시 한 번 거대한 흐름이 되어 민주주의를 지켜냈다.

이번에 특히 인상 깊었던 점은 군과 경찰의 태도였다. 만약 강경 진압이 실행됐다면 시민들은 큰 위험에 놓였을 것이다. 그러나 민주화 이후에 성장한 군인과 경찰들은 달랐다. 그들 역시 민주주의 속에서 살아온 시민이었기 때문이다.

그들은 상식에 반하는 명령 앞에서 무조건적인 복종이 아니라 소극적 복종과 소극적 저항을 선택했다. 명령을 그대로 수행하는 기계가 아니라 자신의 행동이 옳은지 판단할 수 있는 민주 시민으로서 행동한 것이다. 이 변화 역시 우리가 오랜 시간 쌓아온 민주주의의 힘이었다.

2024년에서 2025년으로 이어진 겨울, 광화문 광장에는 남녀노소 시민들이 모였다. 특히 젊은 세대는 아이돌 콘서트장에서 볼 법한 반짝이는 응원봉을 들고 집회에 참여했다. 처음 그 모습을 보았을 때는 솔직히 낯설었다. 그러나 곧 이것이 바로 민주주의의 진화라는 사실을 깨달았다.

내가 초등학교 5학년이던 시절에 보았던 광주 민주화운동의 시민들 손에는 '총'이 들려 있었다. 대학 시절 거리에서는 '화염병과 쇠파이프'가 등장했다. 그러나 2016년 우리는 '촛불'을 들었고 이제는 비가 오나 바람이 부나 꺼지지 않는 '응원봉'으로 민주주의를 밝히고 있다.

시민들은 더 세련되고 더 창의적인 방식으로 정치적 의사를 표현하고 있다. 응원봉의 빛은 촛불보다 오래가고 더 밝으며 더 많은 사람을 하나로 연결했다. 그 빛은 꺼지지 않았고 대한민국의 역사 또한 그 빛 속에서 다시 찬란해지기 시작했다. 시대는 이렇게 조용하지만 분명하게 발전하고 있었다.

실질적 주민주권 시대, 시민주권에서 주민주권으로

...

촛불혁명과 빛의 혁명, 두 번의 무혈혁명은 '국가의 주인은 국민'이라는 사실을 분명하게 증명했다. 이는 국가 차원에서 시민주권을 실질적으로 완성한 사건이었다.

이제 질문은 '이 힘을 어디로 가져갈 것인가'이다.

나는 분명하게 말하고 싶다. 이제 그 힘은 지역으로 내려와야 한다. 내가 사는 도시, 내가 살아가는 동네, 그리고 나의 일상을 직접 움직이는 힘. 그것이 바로 주민주권이다.

국가를 바로 세운 힘이 시민주권이라면 도시를 바꾸는 힘은 주민주권이다. 시민주권이 헌법과 대통령, 국회 같은 국가 권력 구조를 움직였다면 주민주권은 우리 동네의 교통, 주거, 교육, 복지, 기후·에너지, 일자리 같은 삶의 문제를 결정하는 힘이다.

그래서 나는 늘 이렇게 말해왔다.
'생각은 지구적으로 행동은 지역적으로'.

AI, 기후위기, 저출생 같은 문제는 분명 전 지구적 과제다. 그러나 그 해법은 결국 우리가 살고 있는 이 도시, 이 지역에서부터 시작된다. 촛불혁명과 빛의 혁명은 끝난 과거가 아니다. 지금도 진행 중인 변화의 과정이다.

시민주권이 국가의 민주주의를 바로세웠다면 이제는 주민주권이 도시의 미래를 바꿀 차례다.
이 거대한 흐름 속에서 '남양주는 어떤 도시가 될 것인가' 묻고 싶다.
주민이 주인이 되는 도시,
주민이 정책을 설계하고 결정하는 도시,
주민이 자신의 미래를 스스로 만들어가는 도시.

촛불과 빛으로 민주주의를 지켜낸 국민이라면 그 힘으로 자신이 사는 도시 역시 충분히 바꿀 수 있다. 이것이 바로 대전환의 시대, 위기를 기회로 바꾸며 우리가 나아가야 할 방향이다.

2장

대전환의 시대,
AI·기후·저출산·지방소멸이 던지는 질문

"지금의 위기는 준비되지 않은 사람에게는 재앙이지만 준비된

사람에게는 분명한 기회가 된다. 기후위기와 AI, 저출생과 베드타운,

재생에너지와 새로운 산업, 주민주권과 시민 리더십.

이 모든 질문을 하나로 모으면 결국 이렇게 귀결된다.

이 도시를 20년 후 우리 아이들에게 어떤 모습으로 물려줄 것인가?"

위기의 시대? 대전환의 시대!
• • •

지금 우리가 살고 있는 시대를 흔히 '위기의 시대'라고 부른다.

그러나 나는 이 시대를 단순한 위기가 아니라 '대전환의 시대'라고 말하고 싶다. 왜냐하면 지금의 변화는 일시적인 위기가 아니라 사회·경제·도시 구조 전체를 근본적으로 바꾸는 전환이기 때문이다.

이 구조적 변화를 제대로 읽고 그 흐름에 맞게 대응한다면 위기는 충분히 기회가 될 수 있다. 지금 대한민국과 남양주는 네 가지 거대한 변곡점 앞에 서 있다.

AI 대전환, 기후위기, 저출생·고령화, 그리고 지방소멸이다. 이 변화들은 각각 따로 움직이지 않는다. 서로 얽히고 중첩되며 도시의 기반을 통째로 흔드는 하나의 거대한 물결로 다가오고 있다.

나는 스스로에게, 그리고 이 도시에게 묻고 있다.
'지금의 도시 전략을 그대로 유지한 채 앞으로 20년을 버틸 수 있는가?'
내 답은 분명하다. 이대로는 버틸 수 없다.

그렇기 때문에 나는 지금이 바로 전환의 순간이라고 생각한다. 그리고 이 전환을 설계하는 것이야말로 지금 정치가 반드시 해야 할 역할이라고 본다.

AI 대전환 시대, 노동과 삶의 패러다임 변화

• • •

AI는 더 이상 하나의 산업이 아니다. AI는 모든 산업을 다시 정의하는 기반 인프라이며 미래 도시 경쟁력을 좌우하는 결정 변수다. 이제 세상은 단순히 '기업이 있는 도시'가 아니라 'AI를 기반으로 산업을 재편할 수 있는 도시'를 선택한다.

그래서 요즘 많은 도시들이 앞다투어 AI 산업, 데이터센터, IT 기업 유치를 이야기한다. 하지만 여기서 중요한 질문이 하나 빠져 있다. AI 산업은 우리가 생각하는 것보다 훨씬 더 많은 전력을 소비한다는 사실이다.

앞으로 기업들은 단순히 땅값이나 세금만 보고 도시를 선택하지 않는다. 에너지, 데이터 인프라, 그리고 인재가 갖춰진 도시를 기준으로 선택할 것이다. 그런데 만약 재생에너지 기반 없이 여전히 화석연료에 의존하는 구조라면 그 도시에서 기업이 지속가능하게 성장할 조건 자체가 약해질 수밖에 없다.

그래서 나는 AI 전략과 에너지 전략은 결코 따로 설계할 수 없다고 말하고 싶다. 도시가 RE100 기준을 충족하지 못한다면 AI 산업도, 고급 일자리도, 미래 산업도 우리 도시로 들어오기 어렵다.

재생에너지 인프라를 먼저 깔고 그 위에 데이터센터와 AI 산업을 올리며 그 산업에서 발생한 일자리와 세수를 다시 시민의 복지·교육·환경에 투자하는 구조. 이것이 바로 내가 그리는 '친환경·AI 기반 일자리 도시' 남양주의 모습이다.

AI는 기술의 문제가 아니다. AI는 도시의 생존 문제다. 이 사실을 인정하는 도시만이 다가오는 미래 경쟁에서 살아남을 수 있다고 확신한다.

기후위기, 인류의 문제가 아니라 '내 도시'의 문제
...

많은 사람들은 기후위기를 '지구적 문제'라고 말한다. 물론 틀린 말은 아니다. 그러나 기후위기는 결국 지역, 도시에서 해결해야 할 문제다.

홍수는 특정 강과 하천에서 발생하고 폭염은 특정 도시의 열섬 구조 속에서 더욱 심각해진다. 녹지율, 하천 관리, 대중교통, 전력 인프라는 모두 지방정부의 책임 영역이다. 다시 말해 기후위기는 추상적인 미래 문제가 아니라 지금 내가 살고 있는 도시의 현실 문제다.

남양주는 산과 강이 어우러진 도시다. 북한강과 팔당호는 도시의 숨을 틔워주는 소중한 자산이지만 동시에 집중호우, 산사태, 홍수에 취약한 지점이기도 하다. 그래서 기후위기는 단순히 과학이나 환경의 문제가 아니다. 이 도시는 앞으로도 계속 사람이 살 수 있는 도시인가를 묻는 근본적인 질문이다.

만약 이 질문에 제대로 답하지 못한다면 도시는 인구, 일자리를 잃고 결국 미래세대마저 잃게 될 것이다. 현재 남양주의 재생에너지 비율은 매우 낮은 수준이다. 팔당 수력을 제외하면 스스로 생산하는 재생에너지 기준으로 남양주는 아직 '에너지 변방 도시'에 가깝다.

이 문제는 단순한 환경 정책의 영역이 아니다. 도시의 생존 문제이며 남양주가 앞으로 어떤 방향으로 성장할 것인지를 결정하는 기준이 되어야 한다.

저출생·고령화·베드타운, 남양주가 놓치고 있는 '소멸의 신호'

...

겉으로 보면 남양주는 성장 도시다. 왕숙신도시와 각종 택지개발로 인구 100만 시대를 향해 가고 있다. 그러나 숫자만으로 도시의 미래를 판단해서는 안 된다.

앞으로 대한민국은 출생보다 사망이 더 많아지는 자연감소 시대를 피할 수 없다. 여기에 더해 남양주는 지역 내 양질의 일자리가 부족해 청년층이 외부로 빠져나가는 베드타운 구조를 안고 있다. 이런 구조가 지속된다면 도시는 언젠가 활력을 잃게 된다.

아이를 낳고 키우고 싶은 도시, 결혼하고 살고 싶은 도시, 청년이 머물고 싶은 도시에 대한 고민 없이 저출생 문제를 해결할 수는 없다. 나는 살기 좋은 도시의 기준이 분명하다고 생각한다.

'주거' 측면에서는 청년과 신혼부부가 감당할 수 있는 주거비, 직장과 가까운 주거지, 삶의 질을 중심에 둔 도시계획이 필요하다. '환경' 측면에서도 미세먼지, 열섬현상, 녹지율을 체계적으로 관리하고 기후위기에 대응하는 녹색 인프라를 갖춘 도시여야 한다.

'교통' 역시 서울 연결성만이 아니라 남양주 내부의 생활 교통망을 촘촘하게 설계하고 친환경 교통수단을 적극 확대해야 한다. '일자리' 또한 마찬가지다. 청년들이 굳이 도시를 떠나지 않아도 커리어를 쌓을 수 있는 산업 구조를 어떻게 설계할 것인가가 핵심이다.

물론 정책과 예산만으로 도시가 바뀌지는 않는다. 나는 도시 경쟁력의 출발점이 결국 시민의 역량이라고 믿는다. AI와 기후위기의 시대에는 시민들 역시 에너지 구조와 도시 정책을 이해하고 정책 과정에 참여하며 지역 의제를 스스로 발굴할 수 있는 힘이 필요하다.

그래서 나는 평생교육과 민주시민교육을 도시 전략의 핵심 축으로 끌어올려야 한다고 생각한다. 각 마을과 학교, 시민단체, 청년 모임 속에서 '활동가·전도사·지역 리더'를 꾸준히 길러내야 한다. 이들이 바로 기후·에너지 전환, 주민참여예산, 공론장, 마을계획, 교육혁신을 이끄는 핵심 주체가 될 것이다.

지금의 위기는 준비되지 않은 사람에게는 재앙이지만 준비된 사람에게는 분명한 기회가 된다. 기후위기와 AI, 저출생과 베드타운, 재생에너지와 새로운 산업, 주민주권과 시민 리더십. 이 모든 질문을 하나로 모으면 결국 이렇게 귀결된다.

'이 도시를 20년 후 우리 아이들에게 어떤 모습으로 물려줄 것인가?'
나는 이 질문에 대해 시민과 함께 답을 찾고 싶다.
그리고 그것이 바로 이 전환의 시대에 내가 남양주에서 리더십을 고민하는 이유다.

3장

남양주의 구조적 과제,
무엇이 문제일까

"도시는 언제나 위기를 통해 방향을 바꿔 왔다.
일자리가 부족하기 때문에 우리는 오히려 AI·에너지·그린산업이라는
새로운 선택지를 가질 수 있다. 오히려 나는 이 위기야말로 남양주가
베드타운의 굴레에서 벗어나 일자리·산업·주거·삶이 조화를 이루는
자족도시로 전환할 수 있는 역사적 기회라고 확신한다. "

남양주는 왜 고부가가치 산업이 부족한가
...

나는 남양주에서 시민들의 삶을 가까이에서 지켜보며 살아오면서 이 도시가 가진 가능성과 한계를 동시에 체감해 왔다. 한마디로 표현하자면 몸집은 빠르게 커졌지만 체력은 아직 그만큼 자라지 못한 도시라는 느낌이다.

그렇다고 남양주가 한계만 가진 도시는 아니다. 오히려 잠재력만 놓고 보면 어디에도 뒤지지 않는 도시다. 그래서 지금 이 시점에서 가장 중요한 질

문은 이것이다.

우리는 지금 정확히 어디에 서 있는가. 이 질문에 대한 인식이 분명하지 않다면 어떤 정책도 방향을 잃을 수밖에 없다.

남양주의 재정자립도는 경기도 내에서 거의 늘 최하위권에 머물러 있다. 행정 지표로 보면 숫자 하나에 불과해 보일 수 있지만 시민의 삶으로 내려오면 이 숫자는 매우 현실적인 문제로 다가온다.

재정이 약한 도시는 스스로 할 수 있는 일이 줄어든다. 결국 중앙정부나 광역정부에 의존할 수밖에 없고 도시의 선택권과 속도 역시 제한된다.

왜 이런 구조가 만들어졌을까. 사실 답은 단순하다.

남양주는 태생부터 '주거 중심 도시'로 성장해 왔기 때문이다. 판교를 중심으로 첨단 기업이 집적된 성남처럼 산업 기반을 갖춘 것도 아니고 화성처럼 대기업 공장이 촘촘히 들어선 산업 도시도 아니었다.

고부가가치를 만들어내는 산업이 부족하니 지방세 수입 역시 약할 수밖에 없었고 그 약한 재정으로 급격히 늘어난 인구와 도시 확장 속도를 따라가야 하는 구조가 고착화되었다.

반면 인구는 빠르게 늘었다. 그러나 산업과 일자리, 그리고 도시 기반시설은 그 속도를 따라가지 못했다. 나는 남양주에서 자영업을 하시는 분들을 정말 많이 만난다. 편의점, 카페, 치킨집, 학원, 미용실…. 이분들은 도시의 골목을 떠받치는 소중한 존재이지만 동시에 경기 변동에 가장 먼저 흔들리는 분들이기도 하다.

현재 남양주의 산업 구조에서 가장 큰 비중을 차지하는 것은 자영업으로 전체의 약 64%를 차지한다. 도소매, 숙박, 음식, 생활서비스업이 도시 경제의 중심을 이루고 있다. 이 구조에서는 경기가 조금만 나빠져도 매출은 즉각 줄어 폐업률이 높아질 수밖에 없다.

청년층은 안정적인 일자리를 찾기 어려워 도시를 떠나고 중장년층은 생계를 걸고 자영업에 뛰어들지만 경쟁은 갈수록 치열해진다.

물론 남양주에도 제조업은 존재한다. 그러나 그 비중은 전체의 9.7%에 불과하고 그중 99%가 중소기업이다. 중소기업은 도시의 기반이고 대기업은 도시의 엔진이다. 중소기업만으로는 도시의 성장 엔진을 만들기 어렵다. R&D 투자, 대규모 고용 창출, 생산성의 비약적 상승을 이끌 동력이 부족하기 때문이다.

결국 남양주 산업 구조의 가장 큰 약점은 분명하다.
도시 안에서 돈을 벌어들이는 산업, 즉 고부가가치 산업이 절대적으로 부족하다는 점이다.

대기업 일자리 부족이 만든 베드타운 구조

• • •

남양주의 1인당 GRDP, 즉 지역이 1년 동안 새롭게 만들어낸 부가가치의 총합을 인구로 나눈 수치는 1859만 원 수준이다. 이는 경기도 최하위권이며 성남의 절반에도 미치지 못한다.

이 수치를 볼 때마다 나는 두 가지 사실을 떠올린다.

첫째, 앞서 언급했듯 남양주의 산업 구조 자체가 부가가치를 만들기 어려운 형태라는 점이다.

둘째, 남양주가 이미 상당 부분 베드타운화되었다는 현실이다.

아침이 되면 수많은 시민들이 서울과 수도권의 다른 도시로 출근한다. 일자리는 외부에 있고 남양주는 잠을 자고 소비하는 공간이 되어가고 있다. 도시 안에서 만들어지는 경제 규모가 작으니 생산성은 낮아지고 그 결과 재정자립도 역시 떨어지는 악순환이 반복된다. 이렇게 남양주는 인구는 많지만 '생산'이 부족한 도시가 되고 말았다.

도시의 성장은 단순히 인구 숫자로 결정되지 않는다. 도시 안에서 만들어지는 경제의 '양과 질'이 도시의 미래를 좌우한다. 그래서 나는 '자족도시'라는 개념을 강조한다.

자족도시는 단순히 산업단지를 만드는 도시가 아니다. 시민이 남양주에서 살고 남양주에서 일하며 남양주에서 문화·복지·교육을 누릴 수 있는 도시다.

이를 위해 필요한 산업 전략은 분명하다.

AI·빅데이터 기반 기업 유치, RE100과 에너지 전환 산업 기반 조성, 중소 제조업의 스마트화, 지역형 혁신기업과 청년 창업 지원, 그리고 실효성 있는 기업 지원 제도 구축이다.

이런 산업들이 자리 잡을 때 남양주는 비로소 사람과 산업이 함께 성장하는 도시로 전환될 수 있다.

재정자립도·산업구조의 취약함

...

앞서 살펴본 것처럼 남양주가 안고 있는 구조적 문제는 분명하다.

재정자립도 경기도 최하위권, 1인당 GRDP 최하위 수준, 자영업 비중 64%, 제조업 9.7% 중 99%가 중소기업, 산업 성장 동력의 부재, 교통·산업·복지의 구조적 불균형.

이 모든 요소는 남양주의 약점이다. 그러나 동시에 변화의 출발점이기도 하다. 도시는 언제나 위기를 통해 방향을 바꿔 왔다. 일자리가 부족하기 때문에 우리는 오히려 AI·에너지·그린산업이라는 새로운 선택지를 가질 수 있다.

나는 남양주의 위기를 두려워하지 않는다. 오히려 나는 이 위기야말로 남양주가 베드타운의 굴레에서 벗어나 일자리·산업·주거·삶이 조화를 이루는 자족도시로 전환할 수 있는 역사적 기회라고 확신한다.

지금 우리가 해야 할 일은 단 하나다.

도시의 약한 지점을 정확히 바라보고 바로 그 지점에서부터 남양주를 다시 세우는 것.

그것이 바로 내가 남양주를 위해 품고 있는 정치적·행정적 비전의 중심이다.

4장

인구 100만을 앞둔 도시,
교통·인구 과부하 속 위기와 기회

어떤 방향으로 100만 도시가 되어야 할까
...

남양주는 이미 인구 100만 시대의 초입에 서 있다.

현재 남양주의 인구는 약 74만 명 수준이다. 여기에 왕숙신도시 6만 6000 세대, 대략 15만~18만 명으로 추산되는 신규 인구가 더해질 예정이다. 여기에 더해 진접2지구, 양정역세권 개발 역시 본격화되고 있어 남양주는 머지않아 명실상부한 100만 도시로 진입하게 될 가능성이 높다.

실제로 남양주는 수도권에서 가장 빠르게 성장하는 도시 중 하나다. 문제는 성장 그 자체가 아니라 이 성장이 어떤 방향과 내용으로 이루어지느냐는 점이다.

그러나 이와 같은 급성장은 삶의 질이라는 관점에서 결코 단순한 문제가 아니다.

현재 진행 중인 신도시 개발의 구조를 보면 대부분이 주거 중심 개발이다. 집은 빠르게 늘어나는데 교통·학교·복지·문화 같은 핵심 생활 인프라는 그 속도를 따라가지 못하고 있다.

왕숙신도시만 보더라도 2026년 말부터 입주가 시작될 예정이지만 교통
망 확충은 그에 한참 못 미치는 상황이다. 내가 남양주에서 서울 서초동까
지 자가용으로 출퇴근하던 시절을 떠올려보면 물리적인 거리는 그리 멀지
않았지만 출퇴근 시간은 보통 1시 30분~2시간 가까이 걸리곤 했다.

이런 조건에서 왕숙·진접2·양정 일대의 입주가 본격화된다면 교통난은
이미 예고된 미래라고 해도 과언이 아니다.

현재 남양주는 GTX, 6·9호선 연장, 각종 도로 확충 등 수많은 광역교통
계획을 가지고 있다. 그러나 이 계획들이 시민들이 실제로 체감할 수 있는
수준으로 완성되려면 2030년 이후가 될 가능성이 크다.

사람은 빠르게 늘어나는데 교통·교육·생활 인프라는 그 속도를 따라가지
못한다. 이는 단순한 불편의 문제가 아니라 도시 전반에 피로가 누적되는
문제라고 본다. 중요한 것은 '100만 도시가 되는 것'이 아니라 '어떤 내용
과 방향으로 100만 도시가 되는가'이다.

수석대교 논란이 던지는 정치·행정의 질문

• • •

수석대교 논란은 남양주의 정치와 행정이 어떤 방향으로 변해야 하는지
를 여실히 보여주는 사례다. 수석대교는 왕숙신도시 입주민들이 부담하는
교통개선비를 활용해 남양주와 하남을 잇는 교량을 건설하는 사업이다.

그러나 하남시의 주민, 시장, 시의회가 6차로 직결에 강하게 반대하면서 수석대교는 아직까지 착공조차 하지 못한 상태다. 나는 이 문제를 단순한 갈등 사례로 보지 않는다. 교통은 단지 길의 문제가 아니다. 그것은 시민의 시간이며 삶의 질이고 도시 행정에 대한 신뢰의 문제다.

이 사안에서 나는 남양주시의 주민·시장·의회가 하나로 힘을 모아 훨씬 더 강하게 관철했어야 한다고 본다. 그렇기 때문에 수석대교 논란은 결국 '인구 100만 남양주시를 준비하는 정치와 행정은 과연 제대로 작동하고 있는가'라는 질문을 던진다.

더 심각한 문제, 남양주 내부 교통망

...

사실 더 심각한 문제는 남양주 내부 교통망이다.

남양주는 서울 면적의 약 4분의 3에 이르는 넓은 면적을 가진 다핵 도시다. 이 구조 자체는 여러 생활권에 기능을 분산시킬 수 있다는 장점이 있다.

그러나 지금의 남양주는 이 장점을 제대로 살릴 수 있는 내부 순환 교통망을 갖추지 못하고 있다. 읍·면·동을 촘촘하게 연결하는 빠르고 효율적인 내부 교통망이 턱없이 부족한 것이 현실이다.

앞으로 남양주는 서울로 나가기 위해 머무는 도시가 아니라 남양주 안에서의 삶 자체가 충분히 편안하고 완결적인 도시로 바뀌어야 한다. 이것이 인구 100만 도시로 가는 필수 조건이라고 생각한다.

100만 도시를 포용하지 못하는 복지와 문화 인프라

...

인구 100만 시대를 이야기할 때, 우리는 흔히 '얼마나 많이 늘어나는가'에만 집중한다. 그러나 나는 그보다 이 도시가 얼마나 빠르게 늙어가고 있는지를 함께 봐야 한다고 생각한다.

현재 남양주의 65세 이상 인구 비율은 약 14.7% 수준이다. 하지만 지금과 같은 추세가 이어진다면 2035년에는 20%를 넘어 본격적인 고령사회로 진입할 가능성이 크다. 신도시를 중심으로 젊은 층이 유입되고 있지만 구도심에서는 고령화가 빠르게 진행되고 있다.

고령화는 단순한 인구 통계의 문제가 아니다. 도시의 교통, 복지, 안전 체계를 처음부터 다시 설계해야 하는 문제다. 어르신들은 자가용 의존도가 낮고 대중교통에 크게 의존한다. 그러나 남양주의 도보 환경, 지하철 접근성, 환승 편의성은 아직 충분하다고 보기 어렵다.

복지 수요 역시 빠르게 늘어나고 있다. 남양주는 '희망케어센터'처럼 전국 모범 사례로 평가받는 제도를 갖고 있지만 앞으로 늘어날 수요를 감당하기에는 재정 여력과 인력, 시스템 모두가 여전히 취약한 구조다. 더 촘촘한 안전망이 필요하다.

문화 인프라의 현실은 더욱 냉정하다. 인구 74만 명이 넘는 도시임에도 불구하고 300석 이상의 제대로 된 아트센터 하나 없다. 바로 옆 20만 도시인 구리시에도 공연장이 있는데 남양주에는 없다.

　나는 이를 단순히 문화·여가의 부족으로 보지 않는다. 이것은 도시의 경쟁력 문제이며 시민들이 자신이 사는 도시에 대해 느끼는 자부심의 문제다. 그렇기 때문에 인구 100만을 향해 가는 지금 남양주의 복지·문화 인프라는 선택의 문제가 아니라 반드시 갖춰야 할 필수 조건이다.

5장

재생에너지
친환경 도시의 현실

낮은 재생에너지 비율, 남양주의 현재
...

나는 지금의 시대를 기후위기와 에너지 전환의 시대로 인식하고 있다.

우리는 더 이상 추상적인 환경 담론만으로는 인류의 지속가능성을 이야기할 수 없다. 우리가 매일 사용하는 전기, 도시를 밝히는 불빛, 공장을 돌리는 동력 하나하나가 어떤 에너지 구조 위에 놓여 있는지를 냉정하게 따져봐야 할 시점이다.

남양주 역시 예외는 아니다. 우리는 흔히 '재생에너지 친환경 도시'를 말하지만 실제 구조를 들여다보면 현실은 생각보다 훨씬 냉정하다. 현재 남양주의 실질적인 재생에너지 생산 비중은 팔당 수력발전이라는 특수한 요소를 제외하면 1% 안팎에 불과하다.

다시 말해, 지금의 남양주를 움직이는 전력의 대부분은 여전히 화석연료에 의존하고 있다는 뜻이다. 이 수치는 단순히 전기요금이나 환경의 문제가 아니다. 나는 이것을 도시 경쟁력의 핵심 약점으로 본다.

기후위기와 탄소중립을 말하는 시대에 '에너지 대전환'이라는 말이 무색할 정도로 뒤처진 구조다. 이 수치는 곧 남양주의 미래가 어느 방향을 향해 가고 있는지를 보여주는 냉혹한 지표이기도 하다.

사실 남양주는 재정 여건이 넉넉한 도시가 아니다. 이런 상황에서 재생에너지 설비에 선제적으로 투자하고 장기적인 에너지 전환 전략을 세운다는 것이 부담스럽게 느껴질 수 있다. 그동안 우리는 '돈이 없어서', '여건이 안 돼서'라는 이유로 기후위기 시대의 책임을 뒤로 미뤄왔다. 그러나 나는 지금 이 선택의 유예가 도시의 미래를 더 큰 위험으로 몰아넣고 있다고 본다.

기업이 모여들고 싶은 도시의 조건

...

에너지 문제는 환경의 영역을 넘어 일자리와 산업 경쟁력의 문제로 직결된다. 오늘날 글로벌 기업들은 더 이상 땅값이나 세제 혜택만 보고 도시를 선택하지 않는다.

특히 RE100, 즉 '기업이 사용하는 전력의 100%를 재생에너지로 전환하겠다는 글로벌 캠페인'에 참여한 기업들은 도시가 얼마나 안정적인 친환경 에너지 인프라를 갖추고 있는지를 핵심 기준으로 삼는다.

이런 흐름 속에서 남양주가 재생에너지 기반을 갖추지 못한다면 어떤 일이 벌어질까. AI 기업 유치는 물론이고 데이터센터와 첨단 산업의 지속가능성 자체를 확보하기 어렵다. 탄소 규제가 강화될수록 도시의 투자 매력은 급격히 떨어질 수밖에 없다.

결국 산업 기반은 취약해지고 도시 경제의 활력은 점점 약해진다.

에너지는 도시를 경쟁력 있게 만든다. 에너지가 안정적인 도시는 기업을 불러들이고 기업은 일자리를 만들며 일자리는 다시 도시의 재정을 키운다. 그러나 재생에너지 비율이 1% 안팎에 머물러 있는 지금의 남양주는 이 기준에서 이미 불리한 위치에 서 있다.

왕숙신도시, 에너지 구조의 시험대

• • •

현재 진행 중인 왕숙신도시는 남양주 역사상 가장 큰 도시 프로젝트다. 이곳에는 주거단지뿐 아니라 카카오, 우리금융 등 대규모 데이터센터가 함께 들어설 예정이다.

데이터센터는 앞으로 남양주가 어떤 에너지 과제를 감당해야 하는지를 가장 분명하게 보여주는 시설이다. 데이터센터 한 곳이 소비하는 전력은 일반적인 공장 여러 곳을 합친 것보다 많기 때문이다.

문제는 분명하다.
이 막대한 전력을 무엇으로 감당할 것인가.
현재 계획에는 LNG 열병합발전소가 포함돼 있다. LNG는 석탄에 비해 상대적으로 깨끗한 연료로 평가되지만 여전히 화석연료이며 메탄(CH_4) 배출이라는 한계를 안고 있다. 다시 말해 기후위기 시대에 장기적인 대안이 되기 어려운 에너지 구조다.

그럼에도 불구하고 지금 남양주에서는 이 에너지 문제를 재생에너지와 결합해 '탄소중립형 에너지 구조'로 재설계하려는 논의가 충분하지 않다. 전력 수요는 급격히 늘어나는데 재생에너지 비율은 여전히 1%대에 머물러 있다.

이 간극은 결국 '기업이 선택하기 어려운 도시'라는 구조적 한계를 드러낸다. 이 상태가 그대로 방치된다면 남양주는 '미래 산업은 품었지만 미래 에너지는 따라가지 못한 도시'가 될 위험이 크다.

나는 남양주가 지금까지 기업 유치 경쟁에서 기대만큼 성과를 내지 못한 이유 중 하나가 바로 이 에너지 구조에 있다고 본다. 그렇다면 이제 질문은 명확해진다.
남양주의 에너지 전략은 어디로 가야 하는가.

재생에너지 30%, 도시의 체질을 바꾸는 선택
···

나는 남양주의 재생에너지 비율을 최소 30% 수준까지 끌어올려야 한다고 생각한다. 이것은 단순한 수치 조정이 아니라 도시의 체질을 근본적으로 바꾸는 선택이다.

남양주는 이 목표에 도달할 수 있는 충분한 잠재력을 가지고 있다. 태양광, 소규모 수력, 건물 일체형 태양광, 지역 공동체 에너지 프로젝트 등 활용 가능한 자원이 다양하다.
결국 핵심은 하나다.

문제는 기술이 아니라 의지다.

'정말로 할 생각이 있는가, 그리고 준비가 되어 있는가.'
더 나아가 정치가 답해야 할 질문은 이것이다.

'어떤 방식으로 설계하고 그 과정에서 발생하는 경제적 이익을 어떻게 도시와 시민에게 되돌려줄 것인가.'
나는 이것이 앞으로의 정치가 반드시 다뤄야 할 중심축이라고 생각한다.

왕숙천을 시민의 품으로

...

에너지의 문제는 보이지 않는 숫자의 문제가 아니라 눈에 보이는 도시의 풍경과 삶의 문제이기도 하다. 남양주를 관통하는 왕숙천은 도시의 중심을 가로지르는 소중한 자연 자산이다.

나는 왕숙천을 떠올릴 때마다 한강을 생각한다. 세계 모든 도시에 강이 있는 것은 아니다. 왕숙천은 도심과 도심 사이를 잇고 시민의 삶과 가장 가까이 맞닿을 수 있는 거대한 생태의 축이다.

그러나 현실의 왕숙천은 시민과 충분히 연결돼 있지 않다. 콘크리트 건물과 고층 아파트가 물길을 에워싸고 정작 시민들이 걸어서 편하게 다가갈 수 있는 진입로는 많지 않다.

나는 왕숙천을 다시 시민의 품으로 돌려줘야 한다고 본다. 이를 위해 앞으로의 개발과 도시계획에서는 왕숙천과 시민 사이의 접근성을 최우선으로 보장해야 한다.

저층 건물과 골목 상권, 산책로와 공원, 시민이 숨을 고를 수 있는 공간이 물길을 따라 자연스럽게 이어져야 한다. 강을 바라볼 수 있는 권리는 몇몇의 조망권이 아니라 도시 구성원 모두가 누려야 할 기본적 권리이기 때문이다.

남양주의 미래는 교통 호재나 아파트 숫자에서 출발하지 않는다. 나는 남양주의 진짜 미래가 에너지와 생태의 전환에서 시작될 것이라고 믿는다.

6장

갈등의 구조적 뿌리,
구도심·신도심, 그리고 세대 간 갈등

원주민·이주민 갈등의 구조적 원인
...

원주민과 이주민, 구도심과 신도심, 청년과 노인, 개발과 규제.

남양주에는 언제부터인가 눈에 보이지 않는 경계선들이 생겨났다. 오래전부터 이 땅을 지켜온 원주민과 새 아파트 단지에 입주한 이주민, 한때 지역의 중심이었던 구도심과 새롭게 조성된 신도심, 일자리를 찾아 서울로 향하는 청년 세대와 남양주에 남아 노년을 보내는 어르신들.

이들이 서 있는 자리, 기대하는 미래, 지금 체감하는 남양주의 모습은 서로 다르다. 그리고 이 차이가 쌓이며 갈등의 형태로 드러나고 있다.

나는 이 보이지 않는 갈등을 개인의 감정이나 마음의 문제로만 보지 않는다. 이 갈등은 도시 구조, 생활 조건의 불균형, 그리고 그 위에 오랜 시간 축적된 역사와 정책의 결과가 만들어낸 구조적 문제라고 생각한다.

서로 다른 조건 위에 서 있는 사람들이 자신의 삶과 터전을 지키기 위해 부딪히는 과정, 그것이 지금 남양주에서 벌어지고 있는 갈등의 본질이다.

남양주는 면적으로 보면 서울의 약 4분의 3에 이르는 넓은 도시다. 16개 읍·면·동이 흩어져 있는 다핵도시 구조를 가지고 있다. 지역과 지역 사이에는 산과 강이 놓여 있고 이런 지형적 특성 때문에 내부 교통망이 촘촘하게 연결되지 못한 채 성장해 왔다.

그 결과 각 지역은 서로 자연스럽게 섞이기보다는 각자 나름의 생활권을 가진 작은 도시처럼 분절되어 발전해 왔다. 이런 상태에서 신도시 개발이 더해지며 지역 간 격차와 심리적 거리감은 더욱 커지고 있다.

신도시는 최신 인프라와 공공시설을 한꺼번에 가져온다. 관공서, 문화시설, 상업시설, 학원들이 신도시를 중심으로 모이고 공공투자 역시 인구가 몰리는 곳을 기준으로 설계된다.

반면 구도심과 읍·면 지역은 인구가 빠져나가며 점점 힘을 잃는다. 내가 살고 있는 진건만 해도 한때 2만7천 명 수준이던 인구가 2만 명 아래로 줄었다. 사람이 줄어들면서 상권은 약해지고 교통망과 각종 생활 인프라는 투자 우선순위에서 밀려나고 있다.

그래서 원주민과 이주민의 갈등은 개인의 태도나 성향 문제가 아니라 이런 구조적 맥락 속에서 이해해야 한다.

오랫동안 이 땅을 지켜온 원주민들에게 남양주는 단순한 거주지가 아니라 고향이자 생계의 터전이다. 그러나 규제와 그린벨트, 상수원 보호 등의 이유로 개발은 오랜 시간 제한돼 왔고 산업과 성장의 중심이 다른 지역으로 이동하는 과정을 지켜볼 수밖에 없었다.

교육과 생활권의 변화는 이 갈등을 더욱 선명하게 드러낸다. 신도시에 새로 생긴 초·중학교 대형 학원과 상가들은 자연스럽게 학부모와 학생들을 끌어들인다. 반면 구도심에 남아 있는 소규모 학원과 상권은 경쟁에서 점점 밀려난다.

기존 생활권 안에서 형성돼 있던 공동체는 서서히 약해지고 신도시 중심의 새로운 네트워크가 만들어진다.

구도심 주민들은 "투자와 인프라는 늘 신도시에만 간다"고 느낀다. 반면 신도시 주민들은 "왜 우리는 늘 외지인 취급을 받는가"라고 묻는다. 신도시에 들어온 이주민들 역시 더 나은 교육 환경과 주거 환경, 교통 여건을 기대하며 남양주를 선택한 시민들이기 때문이다.

그래서 나는 남양주의 갈등을 회피하거나 덮을 문제가 아니라 도시를 다시 설계할 때 반드시 짚고 넘어가야 할 출발점으로 삼아야 한다고 생각한다.

세대 갈등 역시, 도시 구조의 문제

•••

세대 간 갈등 역시 도시 구조와 분리해서 볼 수 없다. 겉으로는 청년과 노인의 '세대 차이'처럼 보이지만 그 핵심에는 일자리와 역할의 문제가 놓여 있다.

남양주의 청년들 가운데 상당수는 일자리를 찾아 서울이나 다른 도시로 이동한다. 이로 인해 남양주를 '잠만 자는 도시'로 느끼는 청년들도 적지 않다. 낮 시간 동안 도시는 비어 있고 저녁이면 다시 차와 사람으로 붐비는 패턴이 반복된다.

반면 어르신들은 남양주에 남아 노년을 보낸다. 노인의 입장에서 보면 "이 나이에 무슨 일을 더 하겠느냐"며 스스로 노동시장에서 물러나는 경우도 많다. 그 결과 65세 이상 인구 비율은 빠르게 늘어나고 복지·돌봄·의료 수요 역시 함께 증가하고 있다.

여기에 디지털 기술과 행정 시스템의 변화가 더해지며 세대 간 격차는 더욱 벌어진다. 온라인 설문, 모바일 행정, 인터넷 기반 참여 플랫폼이 늘어날수록 디지털 접근이 어려운 세대는 정책 과정에서 목소리를 내기 힘들어진다.

이 과정에서 청년들은 "이 도시에 미래 일자리가 없다"고 느끼고 어르신들은 "평생을 여기서 살아왔는데 우리가 도시의 부담인 것처럼 취급받는다"고 느낄 수 있다. 이렇게 청년과 노인은 서로 다른 이유로 동시에 소외될 수 있다.

그래서 나는 남양주의 세대 갈등을 이렇게 정리하고 싶다.
이것은 세대 간 감정 싸움이 아니라 일자리 구조와 지역 사회 참여 구조를 다시 설계해야 할 시점이 왔다는 신호다.

청년에게는 일할 기회와 미래 역할, 어르신에게는 경험과 삶의 지혜를 도시 안에서 다시 쓰일 수 있는 역할을 만들어 주는 것. 그것이 갈등을 줄이고 세대가 함께 도시를 떠받치는 구조로 나아가는 길이다.

7장

새로운 리더십이 요구되는 시대

"행정이 시민을 이끄는 시대는 끝났습니다.

이제 시민이 행정을 움직일 때입니다."

권위주의 시대를 지나 주민주권의 시대로

...

요즘 나는 하루가 어떻게 흘러갔는지도 모를 만큼 많은 사람을 만난다. 김장철이면 김장 현장으로 향하고 연말이 되면 송년회 자리에 앉는다. 때로는 골목시장 한복판에서 시민들과 마주 앉아 이야기를 나눈다.

이렇게 사람들을 만나는 이유는 단순하다.

사람들의 얼굴과 말 속에서 시대의 흐름을 읽는 것이야말로 가장 중요한 공부라고 믿기 때문이다.

우리가 살아온 시대의 리더십은 오랫동안 '권위주의'라는 단어로 설명되어 왔다. 강력한 통제, 위계적인 질서, 위에서 아래로 내려오는 지시를 중심으로 돌아가는 정치와 행정의 시대였다.

과거에는 정보가 권력의 손에 있었고 그 정보 자체가 곧 힘이던 시절이 분명히 존재했다. 그러나 지금은 상황이 완전히 달라졌다. 누구나 인터넷에 접속하면 방대한 정보를 실시간으로 확인할 수 있고 정부 시스템은 점점 더 투명해지고 있다. 정보는 더 이상 특정 사람이나 집단의 전유물이 아니다.

여기에 AI의 등장은 정보 접근의 속도와 범위 등 인간의 한계를 넘어서는 수준으로 끌어올리고 있다.

이런 시대에 "내가 더 많이 아니까 나를 따르라"는 리더십은 이미 설 자리를 잃었다. 시민들은 더 이상 누군가의 일방적인 설명을 기다리지 않는다. 오히려 AI에게 먼저 묻고 여러 자료를 비교하며 스스로 판단한다.

그래서 지금의 리더십은 정보를 독점하는 방식이 아니라 정보를 공유하고 시민과 함께 판단하는 구조가 되어야 한다. 권위가 아니라 신뢰, 지시가 아니라 설명, 통제가 아니라 참여로 움직이는 시대가 이미 시작됐기 때문이다.

지방정치가 멈춰 있던 이유

· · ·

나는 지방정치가 오랜 시간 제자리 걸음을 해온 이유를 자주 생각해본다. 1991년 지방자치가 부활한 이후 30년이 넘는 시간이 흘렀지만 지방정부는 여전히 중앙정치의 큰 틀 안에 묶여 있다.

그중에서도 가장 구조적인 문제는 재정 구조다. 지방세와 국세의 비율은 여전히 2:8, 많아야 3:7 수준에 머물러 있다. 이런 구조에서는 지방자치의 핵심인 '지역의 문제를 지역 스스로 해결하는 힘'이 제한될 수밖에 없다.

그럼에도 불구하고 이 제약 속에서도 새로운 길을 만들어낸 지방정부의 사례는 분명히 존재한다. 이들의 공통점은 단 하나였다. 시민의 '집단 지성'을 끌어내는 방식으로 구조적 한계를 돌파했다는 점이다.

시민이 참여하고 행정이 협력하며 정치가 방향을 제시할 때 지방정부는 비로소 '관리하는 곳'이 아니라 '함께 만들어가는 공간'으로 바뀐다.

시민이 정치의 주체가 되는 행정

...

그렇다면 오늘의 단체장에게 정말로 필요한 것은 무엇일까.

나는 혁신가의 감수성, 조정자의 능력, 주민주권을 실현할 철학, 그리고 무엇보다 주민의 참여를 제도와 구조로 만들어낼 수 있는 리더십이라고 생각한다.

지방정부의 시대는 이미 시작됐다.

문제는 그것을 실제로 작동시킬 수 있는 사람이 누구냐는 것이다.

그래서 나는 지금 시대가 요구하는 리더십을 한 문장으로 이렇게 정의한다.

"시민이 정치의 주체가 되고 행정은 시민의 결정을 실현하는 리더십."

이는 단순한 구호가 아니다.

소통을 통해 시민의 세계를 이해하고 공감을 통해 삶의 조건을 읽어내며 통합을 통해 갈등을 조정하고 미래를 설계하는 능력을 뜻한다.

이제 필요한 것은 시민이 선거철에만 정치에 참여하는 도시가 아니라 시민이 매일 정치하는 도시를 만드는 철학과 시스템이다.

다핵도시 남양주, 연결의 리더십이 필요하다

...

남양주는 다핵도시다. 화도, 진접, 왕숙, 다산, 오남, 퇴계원 등 각 생활권은 서로 다른 역사와 생활 문화, 그리고 서로 다른 요구를 가지고 있다. 그만큼 다양한 이해관계가 존재한다.

그러나 거리가 소통을 막는 시대는 이미 끝났다. 우리는 지구 반대편의 사람과도 실시간으로 대화한다. 같은 도시에 사는 시민들끼리 연결되지 못할 이유는 없다.

중요한 것은 도시의 구조가 아니라 리더의 의지다. 다핵도시는 소통의 장애물이 아니라 오히려 다양한 의견과 도시적 상상력을 담아낼 수 있는 큰 그릇이다.

문제는 단 하나다.

이 다양한 목소리를 어떻게 연결할 것인가.

갈등을 조정하는 리더십

• • •

나는 변호사로서 21년 동안 수많은 갈등과 분쟁을 조정해 왔다. 사람과 사람 사이의 거리, 지역과 지역 사이의 이해가 충돌하는 순간마다 그 간극을 메우는 역할을 해왔다.

그래서 나는 남양주를 이렇게 바라본다.

남양주는 갈등을 통해 분열되는 도시가 아니라 갈등을 조정하며 성장하는 도시가 될 수 있다.

누군가는 나에게 묻는다.

"행정 경험이 없는 사람이 어떻게 도시를 운영할 수 있느냐"고.

그러나 나는 이렇게 생각한다.

행정은 관행이 아니라 법과 규정으로 움직이는 영역이다. 우리는 이미 법치행정의 시대에 살고 있다. 행정은 자의적으로 이뤄져서는 안 되며 모든 결정은 법의 틀 안에서 이루어져야 한다.

나는 20년이 넘는 시간 동안 법을 해석하고 적용하며 갈등 속에서 합리적인 해법을 찾아왔다. 그 누구보다 행정이 움직이는 구조와 한계를 정확히 이해하고 있다.

도시는 갈등으로 이루어진 공간이다.

지역 간 이해 충돌, 개발과 보전의 갈등, 재정 우선순위에 대한 다툼. 이 문제들을 풀어내는 핵심 능력은 바로 갈등을 조정하는 감각이다. 변호사는 대화와 타협, 조정을 업으로 삼는 사람이다.

나는 남양주 곳곳에서 벌어지는 갈등을 외면하지 않고 누구보다 깊이 이해하며 해결의 실마리를 찾아낼 수 있다고 자신한다.

행정의 역할은 '설득'이 아니라 '조건 만들기'

...

나는 행정의 목표를 이렇게 정의하고 싶다.

시민을 설득하는 것이 아니라 시민이 스스로 결정할 수 있는 조건을 만드는 것.

도시를 변화시키는 힘은 비전과 정책, 그리고 시민과 함께 만들어가는 실천에서 나온다. 나는 그 길을 시민과 함께 걸을 준비가 되어 있다.

그리고 그 여정의 끝에서 나는 이렇게 말하고 싶다.

"행정이 시민을 이끄는 시대는 끝났습니다.

이제 시민이 행정을 움직일 때입니다."

8장

시민과 함께 설계하는
도시의 모습

이제는 시민이 중심에 서야 하는 시대
···

도시는 누가 만들까. 행정이 도시를 만들까?

나는 그렇지 않다고 본다. 정치와 행정을 가까이에서 지켜보고 시민들과 직접 소통하며 확신하게 됐다. 도시는 행정이 아니라 시민이 만든다는 사실을 말이다.

행정은 도시의 주인이 아니다. 행정은 시민이 만들어낸 방향성을 제도와 정책으로 구현하는 조력자여야 한다. 앞으로 남양주가 어떤 도시가 될 것인가에 대한 해답 역시 행정 밖이 아니라 시민 안에 있다.

그런데 지금까지의 시민 참여 제도는 대부분 형식에 머물러 있었다. 시민에게 의견을 묻기는 했지만 실제 결정권은 행정이 쥐고 있었고 시민은 종종 '참석자'나 '의견 제공자' 역할에 그치곤 했다.

그러나 지금은 상황이 완전히 달라졌다. AI 시대로 접어들면서 정보 비대

칭은 급격히 해소됐고 시민들의 문제 인식과 비판 능력은 이미 전문가 수준에 근접해 있다. 시민은 더 이상 설명을 기다리는 존재가 아니라 스스로 분석하고 판단하며 대안을 제시할 수 있는 주체가 됐다.

시민이 결정하는 도시, 해외 사례가 주는 힌트

행정을 근본적으로 바꾸려면 해외 사례를 참고하지 않을 수 없다. 그중에서도 내가 가장 주목하고 있는 사례는 스위스의 직접민주주의다.

스위스가 직접민주주의 국가로 알려진 이유는 제도가 특별해서가 아니다. 핵심은 단 하나다. '중요한 문제는 시민이 결정한다'는 원칙을 일관되게 지켜왔다는 점이다.

만약 남양주가 이 원칙을 도시 운영에 적용한다면 어떤 변화가 가능할까. 다핵도시라는 구조적 다양성과 시민의 참여 역량이 결합될 때 남양주는 지금보다 훨씬 더 역동적이고 동시에 훨씬 더 견고한 도시 구조를 만들어 낼 수 있을 것이다.

'시민총회'라는 제도적 장치가 필요하다

• • •

그래서 나는 남양주가 다음 단계로 나아가기 위해 반드시 '시민총회'라는 제도적 장치를 도입해야 한다고 생각한다.

현재의 읍·면·동 주민자치회를 200~300명 규모로 대폭 확장하고 그 논의 결과가 다시 도시 차원의 시민총회로 이어지는 구조를 만든다면 남양주는 전국에서 가장 강력한 시민참여형 도시로 도약할 수 있다.

또한 주민자치회가 활성화되면 시민들은 마을 단위 사업을 직접 기획하고 지역 특성에 맞는 정책을 제안하며 도시 전체의 변화를 아래에서부터 이끌어 낼 수 있다. 행정은 그 제안을 검토하고 타당성이 있다면 예산과 제도로 뒷받침하면 된다.

이 과정 자체가 곧 '주민주권이 실제로 작동하는 방식'이다.

다만 이러한 구조가 제대로 자리 잡기 위해서는 몇 가지 전제 조건이 필요하다.

우선 규모의 확대가 필수적이다. 현재처럼 30~50명 수준의 주민자치회로는 대표성과 지속성을 담보하기 어렵다. 최소한 200~300명 규모는 돼야 다양한 목소리가 반영되고 세대와 계층을 아우를 수 있다.

여기에 더해 중간지원 조직과 체계적인 시민교육을 통해 마을 단위의 리더를 지속적으로 양성해야 한다. 이러한 조건이 갖춰질 때 주민자치회는 단순한 '동네 단체'를 넘어 도시 민주주의의 핵심 축으로 성장할 수 있다.

시민 중심 공론장, 네 차례의 실험

• • •

현재 남양주에는 16개 읍·면·동 주민자치회를 모두 합쳐 약 500명 규모의 시민 리더 집단이 존재한다. 그러나 이들은 지속적인 토론 구조와 정책 반영 체계가 부족해 잠재력을 충분히 발휘하지 못하고 있는 것이 현실이다.

이런 문제의식 속에서 나는 지난 몇 년간 김대중재단 남양주지회 지회장으로 활동하며 여러 차례 원탁회의를 진행해 왔다. 이 원탁회의들은 특정 정당의 행사가 아니었고 시민이 주체가 되는 공론장이라는 점에서 언론 역시 긍정적으로 평가했다.

이 과정을 통해 나는 분명한 확신을 갖게 됐다.
시민의 집단지성만으로도 도시는 충분히 바뀔 수 있다는 확신이다.

'2024 남양주시 평화통일 원탁회의'는 남양주에서 시민 중심 공론장이라는 새로운 형식이 본격적으로 자리 잡는 계기가 됐다. 이후 열린 '기후위기 원탁회의', '환경도시 남양주시민 원탁회의'에서는 시민들이 직접 지역 의제를 발굴하고 정책 방향을 제안했다.

이어 2025년 11월에 열린 '주민주권 시대, 남양주시민의 과제' 원탁회의는 남양주에서 주민주권을 본격적으로 논의한 최초의 공론장이었다. 이 자리에서 시민들은 주민참여, 민관협치, 주민 권한 확대라는 가치를 스스로 제안하고 토론했다.

이 원탁회의들은 단순한 이벤트성 행사가 아니다. 남양주를 시민주권 도시로 전환시키는 실험이자 장기 프로젝트의 기반이다. 시민이 직접 의제를 만들고 토론한 이 경험은 앞으로의 행정 운영 방식에 근본적인 변화를 요구하게 될 것이다.

시민이 설계하고 행정이 실현하는 도시

...

그렇다면 도시 설계의 주체가 시민이라면 행정의 역할은 무엇일까. 나는 이렇게 정리하고 싶다.

행정은 판을 깔고 시민은 토론하고 결정하며 행정은 그 결정을 집행한다. 정치와 행정이 시민을 가르치거나 이끄는 구조는 더 이상 지속될 수 없다. 이제는 시민이 말하고 행정이 듣는 구조로 전환돼야 한다.

행정이 주도하는 도시가 아니라
시민이 설계하고 행정이 실현하는 도시.

이것이 내가 꿈꾸는 남양주의 모습이다. 그리고 이 방향은 결코 이상적인 구호가 아니다. 이미 여러 차례의 원탁회의를 통해 시민들은 그 가능성을 충분히 증명해 왔다.
도시는 시민의 손에서 만들어질 때 가장 크게 성장한다.
남양주는 지금, 바로 그 길의 출발점에 서 있다.

PART 3

WHY

이원호의
비전인가

1장

실질적 주민주권 시대
시민이 행정을 움직이는 도시

"주민주권과 협치가 정착된 도시는 분명 달라질 것이다.
그렇게 되면 시민은 동네와 도시를 함께 운영하는 주체가 되고 동시에
행정은 시민을 함께 결정하는 파트너로 여기게 된다. 그게 내가 생각하는
'협치'이고 남양주가 가야 할 '주민주권 도시'의 모습이다."

시민 참여는 권한이 있을 때 지속된다

• • •

나는 '주민주권'이라는 말을 자주 이야기한다. 그런데 주민주권은 단순히 시민 참여 프로그램을 늘리는 문제가 아니다. 회의 자리 몇 개 더 만들고 설문조사 를 더 많이 한다고 저절로 이루어지는 게 아니란 얘기다. 여기서 중요한 건 단순한 참여 확대가 아니다. 시민이 정책의 주변인이 아니라 중심에 서는 구조, 다시 말해 시민이 행정의 방향을 실제로 움직일 수 있는 구조를 만드는 것이다.

쉽게 말하면 행정이 시민의 말을 '듣기만 하는' 단계를 넘어서야 한다. 그리고 시민이 정한 방향을 행정이 '실행하는' 단계로 나아가야 한다. 그게 주민주권의 진짜 의미다.

현재 남양주에서 주민참여 제도로 비교적 안정적으로 운영되고 있는 것은 '주민자치회' 정도다. 지금 16개 읍면동마다 주민자치회가 있고 보통 30명 안팎이 활동한다. 하지만 실제로는 문화 프로그램이나 생활 강좌 운영 정도에 머문다. 솔직히 이것만으로 시민이 행정을 움직인다고 말하긴 어렵다.

주민자치회에 참여하는 주민의 수는 지금보다 훨씬 많아야 하고 동시에 그에 걸맞은 권한도 함께 주어져야 한다. 사람만 늘리고 권한을 안 주면 그냥 행사로만 남는다. 실제로 권한 없는 참여는 결국 형식에 그칠 수밖에 없기 때문이다.

그렇다면 실질적 주민주권의 첫 관문은 뭘까.
내 생각에는 바로 주민자치회가 동네의 진짜 의사결정 플랫폼이 되는 것이다. 즉, 생활 속 의제를 다루고 예산 우선순위를 정하며 지역 사업의 방향을 논의하는 실질적인 기구가 되어야 한다는 것이다.

읍면동장 주민추천제가 시급하다

• • •

이 문제에는 읍면동장 제도의 구조적 문제도 얽혀 있다. 먼저 지금 읍면동장 자리는 어떤가를 살펴보자. 퇴임을 앞둔 공무원이 부임해 2년쯤 근무하고 퇴직하는 경로가 돼버렸다. 말년에 조심조심 있다가 무사히 떠나는 자리가 되면 누가 새로운 일을 벌일까. 만약 지역을 가장 가까이에서 느끼는 사람이 '안전하게 관리'만 하도록 되어 있다면 그 지역은 절대 발전할 수 없다.

그래서 나는 읍면동장 주민추천제를 이야기한다.

물론 법적으로 임명권은 단체장에게 있다. 하지만 주민이 추천하고 검증하는 과정이 제도로 들어오면 어떻게 될까. 그렇게 되면 읍면동장은 주민과 함께 일할 수밖에 없게 된다.

내가 생각하는 주민추천제는 몇십 명의 형식적 추천이 아니다. 구체적으로 예를 들어보자. 진건읍처럼 주민이 약 1만 9천 명인 지역이라면 수백 명 단위의 선거인단을 모집하는 것이다. 예를 들어 400명 정도의 선거인단을 구성하고 읍면동장에 도전하고 싶은 공무원들의 응모를 받는다. 그러면 후보가 된 공무원은 주민 앞에 서서 "내가 읍장이 되면 이런 행정을 하겠습니다"라고 공약을 제시하고 검증을 받는 것이다.

이렇게 선출된 읍면동장은 주민과 진짜 파트너가 된다. 당연히 행정의 태도가 달라지지 않을 수가 없다.

사실 원래 가장 이상적인 방식은 읍면동장을 주민이 직접 뽑는 것이다. 실제로 우리 역사에도 그런 시기가 있었다. 하지만 지금은 법 개정이 필요하다. 그래서 현실적으로 선택할 수 있는 대안이 주민추천제인 것이다. 완벽한 제도를 기다리며 아무것도 하지 않는 것보다 지금 가능한 방식으로 문을 여는 게 훨씬 낫다.

물론 공무원 조직 내부의 반발이 있을 수 있다. 왜냐하면 위계질서가 흔들리기 때문이다. 하지만 개혁은 원래 불편함을 동반한다. 그래서 찬성하는 사람도 있고 반대하는 사람도 있는 게 정상이다. 여기서 중요한 건 반발을 그냥 내버려두지 않는 것이다. 설득과 교육, 사전 작업이 반드시 필요하다.

오히려 나는 젊은 공무원들이 변화를 기회로 받아들일 거라고 본다. 실제로 젊은 공무원 중에는 주민추천제를 긍정적으로 보는 이들이 많다. 이미 시대는 바뀌고 있다.

그래서 나는 공무원 교육을 강조해야 한다고 생각한다. 시민들만 교육해서는 민주주의가 움직이지 않는다. 반드시 공무원 조직도 함께 변해야 한다. 남양주에는 약 2500명의 공무원이 있다. 이들에게도 민주시민교육, 주민주권 교육이 필요하다. 왜냐하면 아무리 시민 참여를 늘려도 행정이 안 바뀌면 참여는 의미가 없어지기 때문이다.

주민참여예산제·소환·감사·투표·조례의 한계
...

주민주권을 이야기하면 사람들은 종종 묻는다. "이미 제도가 있지 않나요?" 맞다. 주민소환법, 주민투표법, 주민조례 청구, 주민감사 청구 같은 장치들이 이미 존재한다. 그런데 문제는 뭘까. 바로 이것들이 실제로 작동하기 어려운 구조로 만들어져 있다는 것이다.

먼저 일단 요건이 너무 까다롭다. 시민이 접근하기 어렵고 게다가 남용을 막는다는 명분으로 문턱이 높아지면서 사실상 유명무실해지고 있다.

그렇다면 이 시점에서 우리가 할 수 있는 건 무엇일까. 그것은 바로 제도를 방치하지 않는 것이다. 시민이 제도를 모르면 권한은 없는 것이나 마찬가지이기 때문이다. 그래서 나는 이렇게 잠들어 있는 제도를 깨우는 장치가 필요하다고 본다. 그리고 그게 바로 '교육'이다.

구체적으로는 평생교육을 기반으로 시민대학 같은 구조를 만들어 청소년부터 청년, 노인까지 모든 시민이 교육받을 수 있어야 한다.

또한 남양주의 실질적인 주민주권을 위해서는 '시민총회'를 주기적으로 여는 것도 필요하다. 현재 읍면동별 주민총회는 이미 진행되고 있다. 하지만 도시 전체의 시민총회는 다르다. 예를 들어 1년에 한 번이라도 남양주 전체 시민총회를 열어보자. 그 자리에서 올해 사업을 보고하고 내년 사업을 설명하고 시민이 그 자리에서 의견을 내고 심의하는 자리 말이다. 그리고 그 의견이 실제 정책에 반영되는 흐름을 만들어야 한다.

협치는 피곤하지만 필수다

한편 일각에서는 이런 '시민 총회가 특정 단체나 소수에게 권한이 집중될 수 있다'는 우려도 있다. 하지만 이 문제는 공론장 설계를 통해 해결할 수 있다.

솔직히 말하면 협치는 행정에게 피곤한 일이다. 하지만 그 피곤함을 감수하지 않으면 주민주권은 작동하지 않는다. 또한 모든 제도가 한 번에 성공하지는 않는다. 실패 사례도 있다. 하지만 그 실패는 제도 자체의 문제라기보다 준비와 설득이 부족했기 때문인 경우가 많다.

결국 주민주권과 협치가 정착된 도시는 분명 달라질 것이다. 그렇게 되면 시민은 동네와 도시를 함께 운영하는 주체가 되고 동시에 행정은 시민을 함께 결정하는 파트너로 여기게 된다. 그게 내가 생각하는 '협치'이고 남양주가 가야 할 '주민주권 도시'의 모습이다.

2장

시민의회를 통한
업그레이드 동네 민주주의

시민의회, 본질을 말하다
...

'시민의회'라는 말을 들으면 사람들이 자주 오해하는 게 하나 있다. '아, 또 하나의 의회를 만드는 거구나' 이렇게 생각하는 것이다. 다시 말해 지방의회도 있는데 시민의회까지? 법적 권한을 가진 또 다른 의회를 만들겠다고?

하지만 전혀 그런 게 아니다. 이미 지방의회는 있지 않나. 그렇다면 내가 말하는 시민의회는 무엇일까. 그것은 바로 시민자치를 실현하기 위한 수단이다. 쉽게 말하면 시민자치가 큰 그림이라면 시민의회는 그걸 실제로 돌아가게 만드는 구체적인 장치인 것이다.

여기서 핵심은 간단하다. 시민이 모여 토론하고 심의하고 합의하는 그 과정 자체를 도시 운영의 일부로 만드는 것. 나는 이것이 시민의회의 본질이라고 생각한다.

사실 나는 이미 남양주에서 이런 경험을 해봤다. 주민주권과 시민의회를 주제로 원탁회의를 열었는데 그 자리에서 시민들이 "주민주권을 위해 가장 필요한 제도가 뭘까요?"라고 논의한 결과 '우리 생활에 가장 가까이 있는 권력 구조, 즉 읍면동장을 주민추천제로 바꾸는 것이 핵심'이라는 유의미한 결론이 나오기도 했다.

그런데 이게 중요한 대목이다. 왜냐하면 시민은 이미 문제를 알고 있다는 뜻이기 때문이다. 다만 그 문제를 바꿀 기회가 부족할 뿐이다. 바로 이 지점에서 시민의회, 시민총회, 공론장 같은 구조가 필요해진다.

이제 여기서 시민총회와 시민의회, 공론장, 원탁회의의 역할을 분명히 해 둘 필요가 있다.

먼저 시민총회는 많은 시민이 모여 도시의 방향과 우선순위를 확인하는 자리다. 반면 시민의회는 시민총회에서 모인 의견을 맡아 더 깊이 토론하고 숙의해, 정책의 언어로 정리하는 구조다. 그리고 공론장은 이러한 논의가 이루어지는 공간을 뜻한다. 때문에 시민총회, 시민의회는 모두 공론장의 한 형태라고 할 수 있다.

공론장은 어떻게 열어야 효과적일까

...

그렇다면 원탁회의는 무엇일까. 원탁회의는 공론장을 운영하는 하나의 방식이다. 시민들이 수평적으로 마주앉아 토론하고 합의하는 데 가장 효과적인 방식이기 때문에 나는 원탁회의를 자주 언급해 왔다.

결국 원탁회의를 통해 '시민이 직접 논의하고 결정하는 주체'가 되어야 하고 그보다 더 중요한 건 '시민이 함께 결정한 내용이 실제 정책으로 만들어져야 한다'는 것이다.

그런데 공론장을 만들 때 늘 따라붙는 논란이 있다. 바로 특정 단체나 일부 '말 잘하는 엘리트 시민'에게 권한이 쏠린다는 지적이다. 만약 이런 사람들로 참여 인원이 편중되면 어떻게 될까. 공론장이라고 이름만 붙여놨지 실제로는 몇몇이 주도하는 모임이 되어버린다.

그래서 나는 공론장의 규모가 커져야 한다고 생각한다. 소수 몇 명으로는 절대로 '동네 민주주의'를 완성시킬 수 없다. 최소한 100명 이상으로 구성해서 다양한 계층과 세대의 의견이 반영되도록 해야 한다. 왜냐하면 합의제 기구가 제대로 작동한다는 건, 몇 명의 결론이 아니라 다양한 사람들이 함께 도출해야 의미가 있기 때문이다.

구체적으로 남양주를 예로 들어보자. 먼저 읍면동별로 시민총회를 정례화하고 연 1회는 남양주 전체 시민총회를 여는 것이다. 이를 위해 각 읍면동에서 선출된 대표들과 공개 모집으로 참여한 시민들이 모여 100명 이상의 시민의회를 구성하고 그 자리에서 그해의 주요 사업을 보고받은 뒤 다음 해의 방향을 함께 논의한다.

쉽게 설명하자면 시민총회는 시민의 목소리를 모으는 광장이고 시민의회는 그 목소리를 정책의 언어로 바꾸는 작업실이라고 보면 된다.

여기서 중요한 건 그 결과를 실제 정책에 반영하는 구조를 만드는 것이다. 이게 일회성 행사로 끝나면 안 된다. 반드시 도시를 운영하는 일상적인 과정으로 자리 잡아야 한다.

시민·청년·약자의 참여 기반 공론장 구상

···

솔직히 업그레이드된 동네 민주주의에서 내가 가장 신경 쓰는 부분은 청년, 여성, 노인, 장애인, 이주민 등 사회적 약자들이다. 핵심 질문은 바로 이것이다. 이들을 어떻게 공론장의 진짜 주체로 세울 것인가.

과연 청년 한두 명 위원회에 앉혀놓는 게 진짜 참여일까? 아니다. 진짜 참여는 그들이 주체로 설 수 있는 구조를 만드는 것이다. 그렇다면 청년에게는 뭐가 필요한가. 청년들의 삶의 문제는 일자리, 창업, 주거... 이런 것들이다. 그래서 청년 참여 인프라는 청년 창업 학교, 창업 지원, 컨설팅과 상담 같은 것과 연결되어야 한다. 왜냐하면 공론장 참여가 삶의 문제 해결로 이어질 때 비로소 청년들이 오기 때문이다.

그럼 여성에게는 뭐가 필요할까. 특히 육아를 하는 여성들은 시간이 없다. 저녁 7시 회의는 못 온다. 그렇다면 어떻게 해야 할까. 회의 시간을 유연하게 하거나 아이 돌봄 서비스를 제공하거나 온라인 참여를 보장하면 된다. 사실은 여성이 참여하지 않는 게 아니라 참여할 수 있는 조건이 만들어지지 않은 것이다. 그래서 재취업, 경력 단절 극복, 생활 기술 교육 같은 실질적 지원이 참여와 연결되어야 한다.

그렇다면 어르신에게는 뭐가 필요할까. 어르신들의 '우리가 뭘 안다고…' 라는 말 뒤에는 사실 자신감 부족과 소외감이 숨어 있다. 하지만 생각해보

자. 어르신들도 평생 이 도시를 살아온 전문가 아닌가. 그래서 필요한 건 일자리 교육, 생활 기술 교육, 그리고 무엇보다 '당신의 의견이 중요하다'는 메시지를 전달하는 것이다.

그리고 사회적 약자에게는 뭐가 필요할까. 장애인, 이주민, 저소득층은 애초 참여의 출발선에 서기조차 어렵다. 물리적 접근성도 문제고 언어 장벽, 경제적 여유도 부족하다. 그래서 별도의 지원 체계가 꼭 필요하다.

결국 핵심은 참여를 통해 삶의 기회가 되는 구조를 만드는 것이다. 다시 말해 공론장 참여가 삶의 문제 해결로 이어질 때 그때 비로소 공론장은 사람을 모은다.

제도와 교육이 함께 가는 주민주권 시대

...

이 모든 것의 기본에는 교육이 있어야 한다. 특히 시민 교육이 지금보다 훨씬 더 체계적이어야 한다. 왜냐하면 시민단체 활동만으로는 도시 전체의 민주주의 역량을 끌어올리기 어렵다고 생각하기 때문이다.

그래서 나는 시민대학, 주민학교 같은 형태를 제안한다. 이름이 뭐든 중요한 건 시 차원에서 전 시민을 대상으로 교육이 돌아가야 한다는 점이다. 청소년, 청년, 중장년, 노인까지 전 시민이 대상이다.

왜냐하면 민주주의는 책에서 배우는 지식이 아니라 살아가며 반복적으로 익히는 생활 기술이기 때문이다.

그렇다면 평생교육은 어떨까? 평생교육은 이와 연결될 수 있는 가장 현실적인 플랫폼이다. 이미 많은 지자체가 평생교육을 추진하고 있지 않나. 그래서 나는 바로 이런 흐름 속에 '주민주권 교육'을 추가할 수 있다고 본다.

그렇다면 이곳에서 어떤 내용을 가르치면 좋을까. 일단 제도를 알려주는 교육, 공론장 참여 훈련, 토론과 숙의의 방법, 예산과 정책을 읽는 기초, 그리고 '내가 주권자'라는 인식 등을 형성하는 교육이 진행되면 좋을 것 같다. 왜냐하면 시민이 제도를 몰라서 못 쓰는 것은 제도가 없는 것과 다르지 않다고 생각하기 때문이다.

그리고 각자의 눈높이에 맞춘 교육도 필요하다. 예를 들어 청년에게는 도시 정책 입문 과정, 여성에게는 젠더 관점의 정책 분석 교육, 노인에게는 디지털 시민 교육처럼 말이다.

이쯤에서 누군가는 이렇게 묻는다. "그렇게 많은 걸 다 해야 하나요?"
그런데 나는 오히려 반대로 말하고 싶다. 핵심만 제대로 잡으면 된다.

첫째는 시민총회의 정례화다. 1년에 한 번 혹은 분기에 한 번이든, 정기적으로 열어서 시민이 도시의 큰 방향을 논의하는 장을 만드는 것이다. 둘째는 시민 교육의 체계화이다. 평생교육 플랫폼을 활용해서 전 시민을 대상으로 민주주의 교육을 하는 것이다. 셋째는 참여 인프라의 구축이다. 청년, 여성, 약자가 실제로 참여할 수 있는 물리적·제도적 조건을 만드는 것이다. 결국 이 세 가지 핵심이 제대로 작동할 때 나머지는 자연스럽게 확장된다.
그리고 시행 방식도 신중해야 한다. 왜냐하면 제도는 실험이 아니라 신뢰의 문제이기 때문이다.

일단, 시범 지역을 정해서 집중 운영하고 모범 사례를 만드는 방식이 바람직하다. 예를 들어 남양주에서 읍면동 중 2~3곳을 선정해서 1년간 집중적으로 시민의회를 운영해보는 것이다. 구체적으로는 100인 이상의 시민이 참여하고 정기적으로 모여서 그 지역의 현안을 논의하며 그 결과를 실제 정책에 반영하는 과정을 보여주는 것이다.

그렇게 성공 사례가 쌓이면 시민은 참여를 신뢰하게 된다. 그리고 다른 지역 주민들도 '우리도 저거 하고 싶다'고 요청하게 된다. 결국 변화는 경험과 신뢰로 온다.

남양주, 주민주권의 모델이 되다
...

내가 말하는 업그레이드 동네 민주주의는 사실 하나의 생태계를 만드는 일이다.

먼저 시민의회라는 공론장이 중심에 있다. 그리고 그 공론장에 청년, 여성, 노인, 약자가 실제로 참여할 수 있도록 참여 인프라를 깐다. 동시에 그들이 참여할 수 있는 역량을 키우기 위해 교육을 체계화한다. 그렇게 만들어진 합의와 심의 결과가 정책이 되는 구조를 확립하는 것이다.

결국 이 모든 게 유기적으로 연결될 때 비로소 '시민이 행정을 움직이는 도시'가 된다. 그렇게 되면 행정은 시민의 방향성을 제도적으로 구현하고 시민은 도시의 미래를 설계하는 사람이 되는 것이다.

시민이 행정을 움직이는 도시. 그게 바로 내가 생각하는 남양주의 미래다.

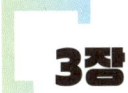

3장

왜 지금 재생에너지 비율이
30%여야 할까

"재생에너지 30%는 남양주가 앞으로도 성장할 수 있는지 아닌지
가르는 기준선이다. 그래서 나는 지금이 바로 그 선택을 해야 할
시점이라고 믿는다. 그 선택은 우리 아이들이 살아갈
남양주의 미래를 결정할 것이다."

요즘 나는 '왜 재생에너지 비율이 30%가 되어야 하느냐'는 질문을 자주
받는다. 그런데 나는 이 숫자를 도시가 다음 단계로 나아가기 위한 생존선
이라고 생각한다.

먼저 기후위기는 미래가 아니라 이미 우리 눈앞에 와 있다. 파리기후협약
에서 인류는 지구 평균 기온 상승을 1.5도 이내로 막겠다고 약속했다. 하지
만 유엔환경계획(UNEP)의 2025년 보고서를 보면 현실은 그 약속에서 점점
멀어지고 있다.

그런데 더 충격적인 것은 온실가스 배출 증가 속도다. 보고서에 따르면 2024년 전 세계 온실가스 배출량은 전년 대비 2.3% 증가했다. 이는 2010년대 연평균 증가율의 무려 4배에 달하는 수치다. 다시 말해 전 세계가 탈탄소를 외치고 있지만 현실은 정반대로 가고 있다는 뜻이다.

성장이 곧 위기가 되는 구조?!

• • •

그렇다면 이 추세가 계속된다면 어떻게 될까? 지구 평균 기온이 2.8도까지 상승할 수 있다고 한다. 그런데 이 수치가 뭘 의미할까. 결국 우리 아이들이 살아갈 세상이 무너질 수 있다는 뜻이기도 하다.

이 거대한 위기 앞에서 많은 사람들은 이렇게 말한다. '그건 국가의 문제이지 도시 하나가 할 수 있는 게 있겠느냐'고. 하지만 나는 오히려 반대로 본다. 왜냐하면 실제 변화는 결국 우리가 사는 도시에서 시작되기 때문이다. 에너지를 어떻게 생산하고 어떤 전기를 쓰며 어떤 산업을 키울지 결정하는 곳은 결국 우리가 살아가는 도시이기 때문이다.

실제로 남양주의 현실을 들여다보면 이 문제는 더욱 선명해진다. 2025년 5월 기준, 남양주시의 총 전력 사용량은 약 3,685GWh다. 그런데 이 중에서 태양광·연료전지·재생폐기물 등으로 생산되는 재생에너지는 고작 48GWh 수준에 불과하다. 물론 팔당댐 수력발전을 포함하면 재생에너지 비율이 약 10%로 보이지만 팔당 수력을 제외하면 실질적인 재생에너지 비율은 고작 1.33%다. 이는 수도권 대규모 도시 가운데서도 매우 낮은 수치다.

그렇다면 이 숫자가 왜 문제일까. 현재 남양주는 왕숙신도시, 양정역세권 개발 등으로 빠르게 규모가 커지고 있다. 인구가 늘고 산업이 들어오며 특히 데이터센터와 같은 대량 전력 소비 시설이 유치되고 있다. 그런데 전력의 대부분을 외부에서 끌어다 쓰는 구조라면 어떻게 될까. 도시가 성장할수록 에너지 부담과 탄소 위험은 눈덩이처럼 커질 수밖에 없다. 결국 성장이 곧 위기가 되는 구조다.

또한 이런 상황에서 왕숙신도시에 추진 중인 LNG 열병합발전소 계획은 또 다른 위험을 안고 있다. LNG는 흔히 '친환경 에너지'로 포장된다. 하지만 과연 그럴까. 사실은 LNG 역시 석탄의 50~60% 수준의 온실가스를 배출한다. 게다가 최근 연구들은 LNG에서 발생하는 메탄이 탄소보다 훨씬 강력한 온실효과를 일으킬 수 있다고 지적한다.

그래서 우리는 '친환경'이라는 단어에 안심해서는 안 된다. 신도시 확장과 산업 유치가 본격화되는 시기에 이런 발전소를 세우는 것이 '과연 우리 도시를 위한 지속 가능한 선택인지' 묻지 않을 수 없다.

분산에너지특별법, 지방정부의 새로운 책무

...

바로 이 지점에서 2024년 6월 시행된 분산에너지특별법이 갖는 의미가 드러난다. 이 법이 시행된 이후 남양주는 더 이상 전기를 소비만 하는 도시로 남기 어렵게 됐다. 왜냐하면 분산에너지특별법의 핵심은 '지역에서 쓰는 전기는 지역에서 생산하자'이기 때문이다. 즉, 에너지 전환의 주체를 지방정부로 만드는 법이다.

그런데 지금까지 우리는 중앙집중형 전력 시스템에 익숙해져 있었다. 먼 곳에서 전기를 만들어 고압 송전선으로 끌어오고 그 과정에서 발생하는 손실과 갈등은 당연하게 여겨왔다. 하지만 AI 시대, 전력 수요가 폭발적으로 늘어나는 지금은 더 이상 먼 곳에서 전기를 끌어다 쓸 수 없는 시대가 왔다.

그래서 나는 분산에너지특별법을 지방정부에 주어진 새로운 책무라고 본다.

이제 지방정부는 더 이상 행정 서비스만 제공하는 조직이 아니다. 도시가 쓰는 에너지를 어떻게 확보할 것인지 어떤 방식으로 전환할 것인지에 대해 스스로 답을 내야 한다. 결국 탈탄소와 재생에너지 전환은 중앙정부 혼자 할 수 있는 일이 아니다. 지역의 특성과 가능성을 가장 잘 아는 지방정부가 실행의 중심에 서야 한다.

그렇다면 남양주는 어떤가? 남양주는 그 가능성을 충분히 갖춘 도시다.

우선 수도권이면서도 넓다. 이것은 태양광을 설치할 공간이 많다는 뜻이다. 실제로 경기도와 연구기관의 분석에 따르면 남양주는 태양광 설치가 가능한 공간과 조건이 비교적 풍부한 도시로 평가된다. 그래서 나는 현재 약 40MW 수준에 머물러 있는 태양광 설비를 중장기적으로 500MW 규모까지 확대할 필요가 있다고 본다. 이를 통해 연간 약 650GWh의 전력을 생산할 수 있고 이는 전체 전력 사용량의 상당 부분을 대체할 수 있다.

여기에 하수종말처리장의 방류수를 활용한 소수력 발전도 있다. 사실 지금 남양주의 하수처리장에서 나가는 방류수는 그냥 흘려보내는 에너지 자원이다. 남양주 곳곳에 설치된 하수종말처리장에서 방류되는 방류수를 활용해도 연간 약 10GWh의 전력을 생산할 수 있다. 참고로 유럽 주요 도시는 이미 이런 방식의 소수력 발전이 보편화되어 있다.

그리고 하수종말처리장의 사용하지 않는 땅을 활용한 50MW급 연료전지 발전(수소의 화학반응으로 전기를 만드는 방식)을 만들 수 있다. 이것만으로도 연간 약 400GWh를 생산할 수 있다. 더불어 지열을 활용한 냉난방 시스템 확대를 함께 추진한다면 재생에너지 30%는 결코 허황된 숫자가 아니다.

쉽게 말하면 태양광으로 약 18%, 연료전지로 약 11%, 소수력과 지열 등으로 나머지를 채워 30%를 달성하는 것이다. 이는 남양주의 실제 가능성을 분석해 도출한 현실적인 로드맵이다. 결국 나는 이 모든 수단을 종합해 '가능한 모든 재생에너지를 끝까지 활용하는 도시'를 만들어야 한다고 생각한다.

어떻게 실행할 것인지가 중요하다

...

여기서 가장 중요한 것은 누가 이 일을 책임지고 실행할 것인가이다. 현재 남양주도시공사는 개발사업과 시설관리가 주된 사업이다. 그런데 지금 행정조직만으로는 대규모 에너지 사업을 기획, 투자, 운영하는 데 한계가 있다.

그래서 나는 남양주도시공사를 '남양주에너지도시공사'로 전면 재편해야 한다고 생각한다. 구체적으로는 도시공사에 '재생에너지사업본부'를 설치하고 이곳에서 재생에너지원 발굴부터 대규모 발전사업 추진, 민간 사업자 지원, 금융 지원까지 모두 맡는 것이다.

사실 목표만 외치는 도시들은 많다. 하지만 누가, 어디에, 어떻게 실행할 것인지가 명확하지 않으면 구호로만 그치고 만다. 그래서 정확한 가능성 분석, 재원 조달, 민간 참여 모델, 주민들의 동의를 얻는 것까지 전 과정을 체계적으로 설계하고 추진할 실행 조직을 세우는 것이 첫걸음이다.

결국 재생에너지 30%는 남양주가 앞으로도 성장할 수 있는지 아닌지 가르는 기준선이다. 그래서 나는 지금이 바로 그 선택을 해야 할 시점이라고 믿는다. 그 선택은 우리 아이들이 살아갈 남양주의 미래를 결정할 것이다.

4장

에너지 전환의 시대,
남양주의 길

"재생에너지 30%와 에너지도시 전략은 단순한 환경 정책이 아니다.

이것은 대기업을 유치하기 위한 필수 인프라 전략이다."

RE100·ESG 시대, 남양주의 대기업 유치 핵심 전략
...

도시의 경쟁력을 결정하는 요소는 시대마다 달라진다.

특히 기업들이 도시를 선택하는 기준은 훨씬 더 복잡해졌다. 첫째는 여전히 교통이다. 광역교통망과 내부 도로망이 원활해야 직원들이 출퇴근하기 편한 도시가 된다. 둘째는 인재가 머물고 싶은 생활환경이다.

그런데 이제 여기에 하나가 더 추가됐다. 바로 안정적인 에너지 공급 체계, 특히 재생에너지를 공급받을 수 있는 구조다. 이게 이제 필수가 됐다. 그래서 내가 강조하는 재생에너지 30%와 에너지도시 전략은 단순한 환경 정책이 아니다. 이것은 대기업을 유치하기 위한 필수 인프라 전략이다.

결국 이제는 '이 도시가 어떤 전기로 움직이는가'가 중요해졌다. 다시 말해 에너지 구조가 도시의 미래를 좌우하는 시대가 온 것이다.

먼저 RE100은 기업이 사용하는 전력의 100%를 재생에너지로 채우겠다는 약속이다. 그리고 ESG는 환경(Environment), 사회(Social), 지배구조(Governance)를 의미하는데 쉽게 말하면 기업이 돈만 잘 버는 게 아니라 환경도 생각하고 사회적 책임도 다하는지 평가하는 기준이다.

그런데 이 두 가지는 이제 선택이 아니다. 글로벌 공급망이 재편되면서 기업의 필수 생존 전략이 됐다. 실제로 애플, 구글, 마이크로소프트 같은 글로벌 기업들은 이미 협력 업체한테 RE100 달성을 요구하고 있다. 그렇다면 만약 어떤 도시의 재생에너지 기반이 충분하지 않다면? 그 도시에 입주한 기업은 글로벌 공급망에서 밀려날 수 있다.

또한 ESG 평가는 투자 유치와 주가, 브랜드 가치에 직접적인 영향을 미친다. 그래서 기업들은 이제 화석연료 의존도가 높은 도시에 장기 투자를 망설인다. 결국 재생에너지 인프라는 환경 정책을 넘어 기업 유치를 좌우하는 기본 조건이 됐다.

그렇다면 남양주의 현재 재생에너지 비율은 어떨까. 현재 1.33%다. 쉽게 설명하면 100개의 전구 중에서 겨우 1개만 재생에너지로 켜지는 셈이다. 이 숫자는 우리가 기업 유치 경쟁에서 안고 있는 구조적 약점을 보여준다. 그렇다면 RE100과 ESG를 중시하는 글로벌 기업 입장에서 보면 어떨까? '남양주에 가면 결국 화석연료 기반 전기를 쓸 수밖에 없겠구나'라는 생각을 하게 된다. 결국 아무리 입지가 좋고 교통망이 훌륭해도 에너지 구조가 뒷받침되지 않으면 기업은 선뜻 결정하기 어렵다.

그래서 내가 제시하는 재생에너지 비율 30%는 남양주 기업 유치 전략의 핵심이다. 쉽게 말하면 30%면 전체 전력 중 3분의 1 가까이를 태양광, 연료전지, 소수력, 지열 같은 깨끗한 에너지로 채우는 것이다. 그리고 이런 재생에너지 인프라는 기업에게 안정적인 친환경 전력 공급을 보장한다.

에너지 전환이 곧 일자리 정책

···

사실 재생에너지는 단순히 태양광 패널 몇 장을 설치하는 문제가 아니다. 당연히 설계하는 사람, 시공하는 사람, 유지보수하는 사람이 필요하다. 예를 들어 대규모 태양광 발전 단지를 만들려면 부지 선정과 타당성 조사부터 시작해 설계, 인허가, 금융 조달, 시공, 전력 계통 연결, 운영과 유지보수까지 수많은 단계를 거친다.

그리고 각 단계마다 전문 인력이 필요하다. 연료전지 발전소, 소수력 발전을 설치하려면 관련 전문 지식을 가진 사람들이 필요하다. 또한 에너지 관리 시스템을 운영하려면 IT 전문가가 필요하고 주민 참여형 에너지 사업을 설계하려면 금융과 법률 전문가도 필요하다.

그렇다면 이 모든 과정이 남양주 안에서 이루어진다면 어떻게 될까. 기술직, 사무직, 전문직을 아우르는 다양한 일자리가 만들어진다. 바로 이것이 내가 에너지 전환을 '일자리 정책'으로 보는 이유다.

더 나아가 재생에너지 기반이 갖춰진 도시는 첨단 산업의 입지 조건을 충족한다. 왜냐하면 글로벌 공급망 안에서 지속가능성을 요구받는 기업들에게 재생에너지 공급 체계는 이제 선택이 아닌 필수이기 때문이다. 그래서 남양주가 에너지 자립 기반을 갖추면 이런 기업들이 자연스럽게 남양주를 선택하게 된다.

그렇게 되면 기업이 들어오면서 일자리가 생기고 일자리가 생기면 청년들이 모인다.

청년들이 모이면 소비가 일어나고 지역 경제가 활성화된다. 그리고 세수가 늘어나면 재정자립도가 올라간다. 또한 재정자립도가 높아지면 시민을 위한 복지와 인프라에 더 많은 투자를 할 수 있다. 바로 이것이 선순환 구조다.

사실 남양주는 오랫동안 베드타운이었다. 서울과 수도권으로 출퇴근하는 사람들이 밤에만 돌아와 자는 도시였다는 말이다. 하지만 재생에너지를 기반으로 한 새로운 산업 생태계가 만들어진다면 이야기는 완전히 달라진다. 남양주 안에서 일하고 소비하며 미래를 꿈꾸는 도시. 결국 이것은 남양주가 베드타운을 넘어 자립 도시로 성장할 수 있는 출발점이기도 하다.

지금까지 우리는 에너지를 그저 쓰기만 했다. 하지만 재생에너지를 만든다면 이 기반 위에서 남양주는 어떤 산업을 키울 것인지, 어떤 기업을 유치하고 어떤 일자리를 만들 것인지 그리고 그 일자리에서 일할 청년들은 어떻게 남양주로 모여들게 할 것인지 고민할 수 있고 그 결과 이를 통해 수많은 기회가 생겨날 것이라고 믿는다.

5장

남양주의 미래 일자리 지도
다시 그리다

"나는 남양주의 AI 클러스터를 '일하러 오는 공간'이 아니라 주거와

일자리, 삶이 결합된 도시형 클러스터여야 한다고 생각한다.

다시 말해 기업과 연구, 교육과 생활이 한 공간에서 순환하는 구조 말이다.

출근만 하고 떠나는 도시가 아니라 살기 위해 머무는 산업 도시.

바로 이것이 남양주가 가야 할 길이라고 생각한다."

AI는 왜 남양주의 미래 먹거리인가

· · ·

남양주 시민들은 아침마다 서울로 출근한다. 그리고 남양주에서는 주로 소비만 한다. 그렇다면 왜 이럴까? 산업 구조를 보면 답이 나온다. 자영업 비중은 너무 높고 제조업은 대부분 작은 기업들이다. 결국 돈이 되는 산업 이 부족하니 소득은 낮고 지역 안에서 돈이 돌지 않는다. 사실 복지나 지원 만 늘린다고 해서 이 문제가 해결되지는 않는다. 결국 산업 구조 자체를 바 꿔야 남양주의 미래도 바뀐다고 생각한다.

그렇다면 남양주의 '미래 먹거리'는 어디에 있을까. 여기서 미래 먹거리란, 시민들의 일과 삶을 지속적으로 키워낼 수 있는 새로운 길을 뜻한다. 그래서 지금 이 시점에 나는 AI에 주목한다.

현재 전 세계 AI 시장은 수천억 달러 규모로 성장했고 한국도 AI 산업이 폭발적으로 커질 것으로 전망된다. 실제로 AI는 모든 산업의 경쟁력을 바꾸는 기반 기술이다. 그래서 나는 AI를 도시 전체의 효율과 경쟁력을 바꾸는 기술로 본다.

교통, 에너지, 행정, 산업 모든 영역에서 AI는 이미 필수가 되었다. 앞으로는 AI를 얼마나 잘 활용하느냐가 도시의 생존을 가를 것이다. 구체적으로 제조업의 생산성을 높이고 서비스의 질을 바꾸며, 행정과 교통, 에너지 운영 방식까지 모두 바꿀 수 있다.

그런데 이 흐름은 유행이 아니라 구조적 변화다. 여기서 중요한 건 '이 거대한 변화 속에서 남양주는 그저 지켜볼 것인가, 아니면 주도할 것인가'이다.

남양주의 미래 먹거리, AI 산업 클러스터
...

사실 남양주는 수도권에 위치하면서도 비교적 넓은 부지와 교통망 확충 계획을 가지고 있다. 그렇다면 여기에 재생에너지와 연료전지로 전력을 공급받는 데이터센터, AI 기반 스마트 제조, 기후·에너지 데이터 분석 산업을 하나로 묶으면 어떻게 될까. 바로 이게 'AI 산업 클러스터'다.

실제로 남양주는 빠르게 움직이고 있다. 이미 왕숙지구에 여러 기업들의 AI 관련 투자와 인허가가 진행 중이다. 다시 말해 왕숙지구 도시첨단산업단지를 중심으로 한 AI 산업 클러스터가 현실이 되고 있다.

구체적으로 남양주는 왕숙지구 도시첨단산업단지 약 120만㎡ 부지에 첨단기업을 유치해 1조 4천억 원 규모의 투자를 끌어들일 계획이다. 즉, 4개의 첨단산업 클러스터를 만드는 것이다. 예를 들어 카카오는 왕숙지구에 6천억 원 규모의 'AI 디지털 허브'를 만든다. 여기서 'AI 디지털 허브'는 초대형 AI 전용 데이터센터와 연구개발 시설, 그리고 스타트업과 지역사회가 함께 쓸 수 있는 공간까지 포함된 복합 거점이다.

또한 신한금융도 8,500억 원 규모의 'AI 인피니티 센터'를 통해 금융과 AI를 결합한 대규모 시설을 짓는다. 여기에 우리금융의 '디지털 유니버스'까지 합치면 남양주는 짧은 시간 안에 대규모의 디지털·AI 신산업 투자를 유치하고 있는 셈이다.

그렇다면 이 같은 AI 산업을 통한 고용 유발 효과는 어떨까. 전망으로는 수천 명 규모로 예상된다. 상주 인력은 물론, 협력 기업과 파생 산업까지 고려하면 7000명이 넘는 일자리가 만들어질 것으로 분석되고 있다. 하지만 문제는 이 일자리의 성격이다. 여기서 중요한 건 단순 노동이 아니라 데이터, 금융, 에너지, 법률, 서비스가 결합된 '고부가가치 일자리'가 생겨나야 한다는 것이다.

에너지의 전환, 일자리와 재정 확보 선순환 가능

• • •

고부가가치 일자리를 논의할 때 중요한 문제는 바로 에너지다. 왜냐하면 AI 산업은 막대한 전력을 소비하기 때문이다. 실제로 데이터센터 하나가 중소도시 하나의 전력 사용량과 맞먹는다는 말은 과장이 아니다. 그래서 앞서 말했듯이 재생에너지가 없는 AI 산업은 지속될 수 없다. 왜냐하면 RE100과 탄소 규제는 이미 기업의 생존 조건이 되었기 때문이다.

그래서 나는 재생에너지 전환을 환경 정책이 아니라 '일자리 정책'으로 본다. 왜냐하면 재생에너지로 전환하면 단순히 발전 설비만 필요한 것이 아니기 때문이다. 에너지 관리 시스템을 운영하는 사람, 관련 금융 상품을 설계하는 사람, 계약과 규제를 다루는 법률 전문가까지 필요해진다.

즉, 하나의 산업 생태계가 만들어진다. 그리고 여기에 AI가 결합되면 남양주는 '재생에너지·AI 융합도시'로 성장할 수 있다. 그렇게 되면 지속가능성을 중시하는 기업들도 자연스럽게 이 도시를 찾게 된다.

또한 나는 남양주의 AI 클러스터를 '일하러 오는 공간'이 아니라 주거와 일자리, 삶이 결합된 도시형 클러스터여야 한다고 생각한다. 다시 말해 기업과 연구, 교육과 생활이 한 공간에서 순환하는 구조 말이다. 출근만 하고 떠나는 도시가 아니라 살기 위해 머무는 산업 도시. 바로 이것이 남양주가 가야 할 길이라고 생각한다.

그렇게 이 구조가 자리 잡으면 남양주는 오랫동안 이어져 온 베드타운 구조에서 벗어날 수 있다. 남양주 안에서 일자리가 만들어지고 기업이 뿌리

내리면 재정자립도 함께 올라간다.

왜냐하면 고부가가치 산업은 세수를 만들기 때문이다. 단순 제조업이나 자영업 중심 구조로는 재정자립도를 높이기 어렵다. 그래서 재생에너지를 기반으로 한 AI 산업은 일자리와 세수, 재정 분권의 핵심 축이다. 결국 재정자립도는 도시가 스스로 미래를 설계할 수 있는 힘이다. 다시 말해 중앙 정부나 도에 의존하지 않고 우리 스스로 선택하고 책임질 수 있는 도시가 되는 것이다.

결국 재생에너지 30%와 AI 산업 클러스터는 기업 유치, 일자리 창출, 재정자립도 상승으로 이어지는 선순환 구조의 출발점이 될 수 있다. 그래서 나는 남양주가 이 두 가지를 동시에 잡는다면 세계가 배우러 오는 스마트 재생에너지 모범도시가 될 수 있다고 믿는다.

'생각은 글로벌하게, 행동은 지역에서'. 이 말은 전 지구적 과제를 지역에서 실천하자는 뜻이다.

결국 에너지를 바꾸면 산업이 바뀌고 산업이 바뀌면 도시의 미래가 달라진다. 그리고 그 변화의 끝에는 시민의 삶이 있다.

6장

청년이 모여드는
도시 만들기

"청년이 머무는 도시는 늙지 않는다.

반대로 청년이 떠나는 도시는 빠르게 소멸한다.

결국 청년은 도시의 미래를 가장 솔직하게 말해주는 지표다.

청년이 모여드는 도시, 그 도시가 남양주이길 진심으로 바란다."

자족도시로 가기 위한 통합 전략 마련
· · ·

남양주에서 청년들을 만날 때마다 드는 생각이 있다. 법률 상담이나 작은 모임, 지역 간담회에서 이야기를 나누든 결국 비슷한 이야기로 모아진다. "남양주에 청년을 위한 좋은 일자리가 더 많았으면 좋겠어요."

사실 청년들도 이곳을 떠나고 싶어 하는 건 아니다. 왜냐하면 가족과 친구들이 여기 있고 자신들이 자라온 익숙한 동네니까. 그런데도 결국 떠날 수밖에 없다고 느낀다. 그 이유는 단 하나다. 이 도시에서 자신의 미래를 그리기가 너무 어렵기 때문이다. 나는 청년들이 떠나는 이유가 남양주의 구조적인 문제라고 본다.

일자리는 단절돼 있고 주거는 불안정하며 문화와 배움의 기회는 도시 밖에 흩어져 있다. 그러니까 청년들 삶의 핵심은 다른 도시에서 이루어진다. 공부도, 일도, 심지어 친구들과 놀러 갈 때도 서울이나 다른 수도권으로 나간다. 결국 그동안 남양주는 그저 잠만 자는 도시로 기능해 왔다. 그래서 나는 '자족도시'를 생각한다.

자족도시란, 도시 내부에서 삶의 중요한 요소들이 자연스럽게 연결되고 순환하는 도시를 말한다. 일하고 배우고 살고 쉬는 것. 다시 말해 이 모든 게 도시 안에서 가능해야 한다는 뜻이다. 선택지가 도시 안에 충분히 있는 상태, 그게 진짜 자족이다. 결국 자족도시는 청년에게 '여기서도 충분히 할 수 있다'고 말해주는 도시다.

그렇다면 자족도시로 가기 위해 무엇부터 바꿔야 할까.

나는 늘 산업을 가장 먼저 이야기한다. 왜냐하면 산업이 없는 도시에서 교통망을 늘리고 아파트를 지어봤자 크게 달라지지 않기 때문이다. 산업이 있어야 일자리가 생기고, 일자리가 있어야 사람이 머문다. 그리고 사람이 머물러야 교육, 문화, 주거 정책도 비로소 의미를 갖는다. 다시 말해 산업이라는 중심축이 분명해야 교통과 주거, 교육이 그 방향을 따라 자리를 잡을 수 있다.

AI 시대, 교육을 통한 일자리 창출 기회 확대해야

...

바로 내가 AI 산업을 강조하는 이유도 여기에 있다. 혹시 AI라고 하면 일부 엘리트들만 하는 거 아니냐고 생각할 수도 있다. 하지만 아니다. AI는 개발자만 필요한 산업이 아니다. 운영하는 사람, 관리하는 사람, 데이터를 다루는 사람, 서비스를 기획하는 사람, 콘텐츠를 만드는 사람, 교육하는 사람, 법률과 금융 분야까지. 정말 다양한 역할이 필요하다.

그렇다면 구체적으로 어떻게 할 수 있을까. 먼저 남양주에 AI 산업단지를 조성하되 입주 기업에는 청년 고용 비율을 조건으로 붙일 수 있다. 즉, AI 기업을 유치할 때도 '세제 혜택'과 함께 '지역 청년 채용'을 연계하는 것이다. 그리고 경복대, 대경대 같은 우리 지역 대학들과 기업이 직접 손잡고 '선취업 후학습' 프로그램을 만들 수 있다. 다시 말해 청년들이 졸업 전부터 현장 경험을 쌓고 졸업과 동시에 지역 기업에 정착하는 구조 말이다.

아울러 청년뿐 아니라 중·장년층도 평생교육을 통해 충분히 참여할 수 있다. 예를 들어 제조업이나 서비스업에서 일하던 분들이 6개월 정도 교육을 받으면 AI 운영관리자로 전환할 수 있다. 실제로 데이터 품질관리, 라벨링 같은 일들은 오히려 경력과 꼼꼼함이 필요한 분야다. 만약 시에서 1인당 일정금액의 평생학습 바우처를 지원하면 중장년층도 새로운 일자리로 전환할 수 있는 기회가 열린다.

또한 남양주에 데이터센터가 들어오면 엔지니어, 네트워크 관리자, 시설 운영 인력까지 다양한 일자리가 생긴다. 그래서 우리가 데이터센터를 유치할 때 '지역 인재 우선 채용' 조례를 만들고 산업단지 안에 전문 교육기

관을 함께 세우는 것도 하나의 방법이다. 예를 들어 전기나 기계, 시설관리 분야에서 일하던 중장년층은 교육을 통해 데이터센터 운영 전문가로 전환할 수 있다.

마찬가지로 재생에너지 분야도 그렇다. 태양광, 풍력 시설을 설치하고 유지보수하는 기술자, 에너지 효율을 컨설팅하는 전문가, 그린 리모델링 사업에 참여하는 건축·설계 인력까지. 다시 말해 건설이나 전기 분야에서 경력을 쌓아온 중장년층에게는 새로운 기회가 되고 청년들에게는 미래 산업에 뛰어들 발판이 된다.

여기서 중요한 것은 기술이 사람을 밀어내는 방향이 아니라 '역할을 바꾸는 방향'으로 설계해야 한다는 점이다. 만약 남양주가 AI와 데이터, 재생에너지를 중심으로 한 생태계를 만든다면 청년에게 이 도시는 '한번 도전해볼 만한 곳'이 될 수 있다.

청년이 지역과 연결되는 교육·일자리
...

그렇다면 산업 다음으로 중요한 게 뭘까. 바로 교통이다. 나는 교통을 단순히 이동 수단으로만 보지 않는다. 교통은 삶의 반경이고 기회에 닿을 수 있는 거리다. 만약 출퇴근만을 위한 교통망에 머물러 있다면 도시는 조각조각 나뉜다. 일터와 집, 배움의 공간과 문화 공간이 멀어질수록 삶의 선택지도 줄어든다.

반대로 도시 내부를 자유롭게 오갈 수 있는 교통망이 갖춰지면 어떻게 될까. 도시는 하나의 생활권으로 묶인다. 예를 들어 GTX 및 도시 철도가 완성되면 그 거점역을 중심으로 역세권 청년 일자리 복합단지를 만들 수 있다. 다시 말해 공공임대주택을 한 곳에 모아 청년들이 일하고 살고 배우는 모든 게 걸어서 해결되는 공간 말이다.

그리고 남양주 시내의 순환버스 노선을 더 촘촘히 확대해서 산업단지와 대학, 주거지역을 30분 안에 연결하면 청년들은 도시 안에서 자유롭게 움직이며 활동할 수 있다. 결국 길이 바뀌면 삶의 선택도 달라진다.

또한 주거 문제 역시 더 이상 미룰 수 없는 과제다. 청년에게 집은 정착의 기반이다. 왜냐하면 일자리가 있어도 살 곳이 없으면 미래를 설계할 수가 없기 때문이다. 특히 청년과 신혼부부에게 직주근접, 그러니까 집과 직장이 가까운 건 선택이 아니라 필수 조건이다. 그래서 역세권 공공임대주택이나 청년·신혼부부를 위한 혼합형 주거 모델 같은 것들은 산업 정책과 반드시 함께 가야 한다. 결국 주거 정책은 도시가 지속 가능한지를 결정하는 핵심 열쇠다.

솔직히 나는 교육과 산업의 단절이 가장 안타깝다. 그동안 지금까지 우리 지역 교육은 어떤 방향이었나. 이 도시를 떠나기 위한 준비에 가까웠다. 좋은 대학에 가기 위해 더 큰 도시로 나가기 위해 공부했다. 하지만 이제는 방향을 바꿔야 한다. 즉, 지역에서 배우고 지역에서 일하는 선순환 구조를 만들어야 한다.

사실 남양주에는 이미 대학과 교육 인프라가 있다. 그래서 현장형 교육, 인턴십, 산학 협력 같은 걸 통해 학생들이 졸업과 동시에 지역 산업과 바로 연결되는 구조는 충분히 가능하다. 여기서 중요한 건 졸업 후 이 도시에 정착하는 거다. 왜냐하면 첫 일자리가 도시를 결정하기 때문이다.

또한 '청년 창업'도 마찬가지다. 창업은 개인의 용기만으로 이루어지지 않는다. 공간도 필요하고 자금도 필요하며 옆에서 조언해 줄 멘토도 필요하다. 그리고 무엇보다 실험해 볼 수 있는 기회와 실패해도 다시 도전할 수 있는 안전망이 필요하다.

그래서 나는 '청년창업허브'를 만들고 싶다. 청년들이 모여서 아이디어를 나누고 시제품을 만들어볼 수 있는 공간. 그리고 실패해도 재도전할 수 있는 프로그램을 함께 운영하는 것이다.

청년들이 도전할 수 있는 기회의 도시가 되길

...

그렇다면 지방정부의 역할은 뭘까. 도전할 수 있는 판을 깔아주는 것이다. 그리고 실패해도 다시 일어설 수 있게 하는 것, 경험 자체가 청년에게는 큰 자산이 된다.
결국 도전이 일상이 되는 환경이 만들어져야 창업 생태계도 살아난다.

그런데 이 모든 걸 실행하려면 시정부의 역할이 분명해야 한다. 청년 고용 의무화 조례를 만들고 교육 바우처 예산을 확보하며 남양주 일자리재단 같은 중간지원조직을 세워서 기업과 청년을 연결하는 등 교육부터 취업까지 함께 관리해야 한다. 또한 기업을 유치할 때도 세제 혜택만 주는 게 아니라 청년 채용을 조건으로 붙여야 한다. 결국 정책은 말이 아니라 시스템

이어야 한다.

그래서 나는 이벤트성 청년 정책은 경계해야 한다고 생각한다. 단기 지원금 몇 번 주고 보여주기식 사업 한두 개로는 청년을 붙잡을 수 없다. 왜냐하면 구조가 바뀌지 않으면 청년은 돌아오지 않기 때문이다. 결국 청년 정책은 비용이 아니라 도시의 장기 투자다. 시간이 걸리더라도 방향을 잃지 않아야 한다.

이제 미래의 청년들에게 묻고 싶다. 남양주는 어떤 도시로 기억되고 싶은가. 떠나야만 했던 도시인가, 아니면 돌아오고 싶은 도시인가. 그래서 나는 '남양주에서도 꿈꿀 수 있다'고 말할 수 있는 도시가 되길 바란다.

청년이 머무는 도시는 늙지 않는다. 반대로 청년이 떠나는 도시는 빠르게 소멸한다. 결국 청년은 도시의 미래를 가장 솔직하게 말해주는 지표다. 청년이 모여드는 도시, 그 도시가 남양주이길 진심으로 바란다.

7장

100만 도시 교통망의
현실과 과제

"교통이 불편하면 만남이 줄고 활동이 줄어들며 삶이 좁아진다.
반대로 교통이 편해지면 삶이 넓어진다. 나는 남양주에서 길 때문에
지친 하루가 아니라 '길이 편해서 살아볼 만한 하루'가 시작되길 바란다."

남양주에서 서울까지, 그리고 남양주 안에서의 삶
...

"제 인생이 출퇴근에 너무 낭비되고 있어요."

얼마 전 강남으로 출퇴근하던 한 청년의 말이다. 남양주 진접에서 서울
강남까지 편도 1시간 40분. 하루 3시간 반, 1년이면 840시간. 이렇게 보면
교통은 길의 문제가 아니라 삶을 되찾는 문제다.

사실 강남까지 빨리 가는 게 목표는 아니다. 현재 남양주 거주자의 상당
수는 서울과 수도권으로 출퇴근을 하며 왕복 3~4시간을 도로와 전철에서
보낸다. 그런데 이 시간은 집에서 아이와 저녁을 먹고 쉬어야 할 시간이자

힘들었던 하루의 몸과 마음을 회복해야 할 시간이다.

그래서 서울과 수도권을 향한 접근성은 목표가 아니라 조건이다. 다시 말해 시민들이 삶의 시간을 되찾기 위한 최소한의 조건이라는 말이다. 때문에 남양주 안에서도 일하고 살 수 있는 구조를 만들어야 비로소 '진짜 남양주'가 시작된다.

문제는 '노선'이 아니라 '연결'이다

...

현재 남양주에는 4호선, 8호선, 경의중앙선, 경춘선이 있고 9호선도 계획 중이다. 여기에 GTX까지 합치면 수도권 교통 요충지가 될 조건을 갖췄다. 구체적으로 4호선은 진접에서 강북, 8호선은 별내에서 잠실, 9호선은 왕숙에서 여의도로 향한다. 그런데 왜 시민들은 여전히 불편하다고 느낄까? 그 이유는 문제는 이 노선들이 서로 만나지 않는다는 것이다.

특히 지하철 4호선 별내별가람역과 지하철 8호선 별내역은 직선거리 약 3.2km 떨어져 있지만 연결돼 있지 않다. 그래서 남양주 지역 시민·정치권에서 '두 역을 직접 연결하면 이동이 훨씬 편리해질 것'이라는 의견이 계속 제기되고 있다.

하지만 새 노선을 깔려면 수조 원이 든다. 그에 비해 이미 있는 길을 연결하는 것은 훨씬 현실적이다. 예를 들어 셔틀이나 경전철, BRT(간선급행버스)로도 충분히 가능하다. 결국 교통은 '새로운 것'보다 '잘 잇는 것'이 중요하다.

또한 GTX 역시 우리에게 매우 큰 기회이지만 조건이 있다. 현재 GTX-B(인천↔별내), GTX-D(왕숙↔부천), GTX-E(양주↔왕숙↔용인), GTX-F(왕숙↔덕소↔원주)가 계획되어 있다. 강남 20분, 여의도 30분. 이것은 수도권 어디든 접근 가능한 교통 허브로 남양주시 발전을 이끌 중요한 기회다.

그런데 여기에는 중요한 전제가 하나 있다. 바로 교통만 있고 일자리가 없으면 또다시 베드타운이 된다는 점이다.

그래서 그물처럼 촘촘하게 만들어지고 있는 도시철도와 간선도로망을 남양주시의 발전으로 연결시켜야 한다. 4호선, 8호선, 9호선, 그리고 4개의 GTX 노선으로 수도권 어디든 접근 가능해진다. 이제 남양주시는 산업단지를 조성하고 기업을 유치해 성과를 내야 한다.

구체적으로 역세권에 좋은 일자리를 만드는 기업이 들어오고, 그 기업에서 일하는 사람들이 살며 문화생활을 즐길 수 있어야 한다. 결국 남양주가 수도권 전체를 배후지로 삼는 자족도시가 되어야 한다. 다시 말해 이 교통망을 어떻게 활용하느냐에 따라 남양주는 위성도시가 될 수도 독자적 경제권을 가진 100만 도시가 될 수도 있다.

또한 왕숙신도시 교통대책의 핵심인 수석대교도 문제다. 현재 이 다리의 착공이 지금 멈춰 있다. 4차선 미직결로 확정됐다가 남양주시가 반대하면서 중지됐다. 그런데 하남시는 민관 공청회를 10여 차례 열고 적극적으로 대응했다. 이에 반해 남양주의 대응은 너무 아쉬웠다. 왕숙신도시는 남양주 개발 사업인데도 말이다.

그래서 나는 6차선 확대가 필요하다고 본다. 이를 위해 시민·전문가·의회가 함께 대안을 마련하고 설득해야 한다. 왜냐하면 교통은 생활의 문제이기 때문이다.

남양주의 다핵도시는 가능성

• • •

남양주는 다핵도시다. 동네마다 색깔이 다르고 생활권도 다르다. 그런데 어떤 이들은 이를 약점이라 한다. 하지만 나는 다르게 본다. 사실 문제는 '다핵'이 아니라 '단절'이다.

현재 지역과 지역을 잇는 교통이 부족하다. 진접에서 마석까지, 별내에서 와부까지 차 없이는 힘들다. 게다가 버스는 배차 간격이 길고 환승도 불편하다. 그래서 버스 중심의 내부 교통 혁신이 필요하다. 왜냐하면 철도는 돈도 많이 들고 시간도 오래 걸리기 때문이다. 하지만 버스는 빠르게 바꿀 수 있다.

예를 들어 간선급행버스(BRT)를 도입하면 어떨까. 구체적으로는 전용차로, 신호 우선권, 대형 버스로 자주 운행하는 것이다. 실제로 브라질 꾸리치바는 BRT로 전 세계 모범 대중교통 도시가 되었다. 그래서 환승센터를 주요 거점마다 만들고 배차 간격을 출퇴근 10분, 평시 15분 이내로 줄이면 사람들이 차를 두고 버스를 탈 것이다.

사실 남양주는 넓다. 하지만 넓다는 건 약점이 아니라 가능성이다. 만약 각 지역이 특색을 살리면서 빠르게 연결되면 그게 바로 '균형 잡힌 100만 도시'다. 왜냐하면 교통이 불편하면 만남이 줄고 활동이 줄어들며 삶이 좁아지기 때문이다. 반대로 교통이 편해지면 삶이 넓어진다. 그리고 남양주 안에서 일할 수 있으면 가족과 함께하는 시간이 늘어난다.

결국 나는 남양주에서 '길 때문에 지친 하루'가 아니라 '길이 편해서 살아볼 만한 하루'가 시작되길 바란다. 그게 내가 꿈꾸는 교통 정책이다.

8장

함께 잘 사는
도시의 조건

"내가 생각하는 '함께 잘 사는 도시'는
단순히 복지 예산이 많은 곳이 아니다. 오히려 약자를 보호하되
다시 스스로 설 수 있는 조건을 만들어 주는 도시다.
최고의 복지는 '자립할 수 있는 기반'을 만들어주는 것이다."

주민참여형 복지로 약자를 지키다

· · ·

나는 변호사로 일하며 수많은 사회적 약자를 만났다. 법정과 상담실에서 그들의 삶이 무너지는 순간을 자주 경험한다. 사실 흔히 보통 사람들은 갑작스러운 질병, 실직, 가족 해체 등 단 하나의 사건으로 삶 전체가 흔들린다. 그리고 그때마다 나는 법이 해줄 수 있는 일의 한계를 느낄 수밖에 없었다. 왜냐하면 법은 그들의 권리를 지켜주지만 그들의 삶을 다시 일으켜 주기는 힘들기 때문이다.

현재 남양주는 자영업 비중이 64%로 소득 구조가 불안정한 사람들이 많다. 게다가 남양주도 머지않아 고령화 사회 진입을 앞두고 있다. 이러한 상황들 때문에 남양주에는 더 많은 복지가 필요하다. 하지만 그 복지가 무엇을 향해야 할까.

복지는 선한 말이지만 조심스러운 말이기도 하다. 왜냐하면 도움을 주겠다는 의지가 자칫 누군가를 의존적으로 만들 수 있기 때문이다. 그동안 우리의 복지 행정은 기준에 맞는 대상을 찾아 지원하고 예산을 배분했다. 그리고 그 덕분에 많은 시민이 위기를 넘겼고 지금도 복지는 반드시 필요하다.

다만 복지가 삶을 '버티게' 해주지만 삶을 '다시 세우는' 역할까지는 하지 못하고 있다는 점이 아쉽다. 실제로 사람들은 도움을 받으면서도 자존감을 잃어가고 혹은 지원금을 받지만 여전히 미래가 보이지 않아 힘들어한다.

그래서 내가 생각하는 '함께 잘 사는 도시'는 단순히 복지 예산이 많은 곳이 아니다. 오히려 약자를 보호하되 다시 스스로 설 수 있는 조건을 만들어주는 도시다. 결국 최고의 복지는 '자립할 수 있는 기반'을 만들어주는 것이다.

바로 이 관점에서 나는 '주민참여형 복지 행정'을 중요하게 본다. 왜냐하면 행정은 모든 삶의 현장을 알 수 없기 때문이다. 사실 가장 먼저 문제를 발견하는 사람은 언제나 주민이다. 그래서 주민이 복지의 수혜자가 아니라 주체가 될 때 복지는 살아 움직이는 제도가 된다.

현재 남양주는 '희망케어센터'를 중심으로 시민 참여형 복지 생태계를 구축하고 있다. 여기서 희망케어센터는 시민·단체·공공이 협력해 맞춤형 지원을 제공하는 복지 사업이다. 실제로 희망케어센터는 2025년 사업평가에서도 안정적 운영과 효과성을 인정받으며 지속 가능한 복지 모델로 평가받고 있다. 그래서 이 사업을 통해 나는 남양주 복지의 가능성을 본다.

그런데 여기에서 더 한 걸음 앞으로 나아가고 싶다. 바로 읍면동마다 '주민복지협의회' 구성을 통해서 복지 사각지대를 발굴하는 것이다. 만약 지역 주민, 사회복지사, 자영업자, 은퇴자가 함께 모여서 우리 동네의 복지 사각지대를 찾고 해결책을 직접 설계한다면 어떻게 될까. 그렇다면 복지는 이웃이 서로의 삶을 이해하며 함께 만들어 가는 공동의 해법이 될 것이다. 그리고 행정은 예산과 제도로 뒷받침하면 된다.

스스로 설 수 있도록 돕는 사회적 경제

...

한편 사회적 경제는 주민들의 삶을 다시 세울 수 있는 중요한 도구다. 예를 들어 '사회적 협동조합'과 '사회적 기업'은 일하면서 함께 수익을 나누며 지역 안에서 돈과 관계가 순환할 수 있다. 때문에 시민들이 '스스로 설 수 있도록 돕는 복지'라고 볼 수 있다.

구체적으로 예를 들어 '재생에너지 협동조합'을 설립한다면 주민이 주체가 되어 태양광 패널을 설치하고 에너지를 생산하며 그 수익이 다시 주민에게 돌아오는 구조를 만드는 것이다. 여기에 시의 지원과 지역사회의 협력이 더해진다면 더욱 좋을 것이다. 결국 이는 환경정책이면서 동시에 복지정책이고 일자리정책이 될 수 있다.

아울러 고령사회를 대비하고 있는 남양주에서 이러한 접근은 더욱 중요하다. 우리는 어르신들이 가진 경험을 지역 사회에서 그대로 이어갈 수 있도록 도와야 하고 그것이야말로 진정한 복지라고 할 수 있다. 다시 말해 어르신들이 평생교육, 사회적 일자리, 지역 기반 활동을 통해 '도움받는 존재'가 아니라 '함께 만드는 존재'로 설 수 있도록 하는 것이다.

그래서 나는 이런 활동의 일환으로 '실버 사회적 협동조합' 모델을 확산하고 싶다. 구체적으로는 어르신들이 직접 운영하는 반찬배달, 생활용품 수리, 텃밭 가꾸기 같은 경제활동 조직을 만들고 시에서는 초기 창업 지원과 판로 연계를 돕는 것이다. 그렇게 되면 일하고 싶은 어르신에게는 일자리를 주고 도움이 필요한 어르신에게는 이웃 어르신의 손길이 닿도록 하는 선순환 구조가 될 수 있다.

결국 복지는 예산의 문제가 아니라 마음의 문제라고 생각한다. 다시 말해 경쟁에서 뒤처진 사람을 외면하지 않되 시민이 스스로 삶을 만들어 갈 수 있도록 끝까지 곁을 지켜주는 것. 사람을 사람답게 살게 하는 것. 바로 그것이 진짜 복지라고 생각한다.

9장

AI 행정과
디지털 복지

> "기술이 빨라질수록 행정은 더 느려져야 한다.
> 이 말은 디지털 격차가 심한 중장년과 노년층들을 위해 느리게
> 기다려주고 느리게 설명하며 느리게 함께 배워야 한다는 뜻이다.
> 바로 그것이 내가 생각하는 디지털 시대의 진정한 복지다."

AI 행정의 시대가 왔다

· · ·

'행정이 느리다'는 말은 시민들의 고질적인 불만이다.

민원을 넣고 지치도록 기다리고 서류 하나 처리하는 데 며칠씩 걸리는 경험은 누구나 한 번쯤 있을 것이다. 사실 이런 불만은 종종 공무원을 향하기도 한다. 하지만 업무 지연의 원인은 사람이 아니라 구조 때문이다. 그런데 이제는 AI 시대에 발맞춘 행정으로 이런 문제를 우리가 생각하는 것보다 훨씬 쉽게 해결할 수 있다. 그리고 남양주는 이미 그 방향으로 움직이기 시작했다.

실제로 남양주시는 생성형 AI를 행정업무에 도입하기 위해 직원들을 대상으로 플랫폼 시범 운영에 들어간 것으로 알려져 있다. 앞으로 머지않아 다양한 AI 모델을 활용하면서 반복되는 업무들을 자동화하기 시작할 것이다. 바로 이것은 우리 행정이 올바른 방향으로 가고 있다는 의미다.

더 나아가 앞으로는 AI를 통해 '민원 응답' 등의 다양한 시스템이 한층 더 확대되어야 한다. 이미 단순 문의나 규정이 명확한 사안은 AI가 24시간 응답할 수 있는 시대가 됐다. 예를 들어 새벽 2~3시에도 시민이 민원을 문의하면 AI 챗봇이 즉시 답하는 시스템을 만들 수 있다. 또한 민원이 접수되면 자동으로 분류하고 답변의 초안을 만들어 주고 복잡한 경우에만 담당공무원이 검토하면 일이 엄청 빠르고 수월해진다.

그렇게 되면 시민의 기다림은 줄어들고 공무원은 복잡한 사안에 집중할 수 있다. 사실 지금 시대에 중요한 건 공무원 역할을 다시 정의하는 것이다. 공무원들은 이제 서류 처리자가 아니라 '시민의 상담자'가 되어야 한다. 왜냐하면 갈등을 조정하고 복잡한 사안을 종합적으로 판단하는 건 AI보다 사람이 훨씬 잘할 수 있기 때문이다. 그래서 AI를 활용해 가능하면 단순 업무를 줄이고 공무원은 사람이 해야 하는 일을 하면 된다.

결국 나는 AI 행정이 공무원을 대체하는 것이 아니라고 생각한다. 다시 말해 기계가 할 수 있는 일은 기계에게 맡기고 사람만이 할 수 있는 일에 집중하는 구조를 만드는 것이다. 그래서 AI 시대에는 행정뿐만 아니라 모든 분야가 이런 형태로 재편될 것이라고 생각한다.

기술의 시대, 행정은 누구를 향해 움직일까

• • •

그러나 기술이 행정에 들어오는 순간, '기술은 누구를 위해 쓰이는가'에 대한 고민을 반드시 해야 한다. 왜냐하면 AI 행정이 확대될수록 그 혜택에서 멀어지는 사람들도 생기기 때문이다. 바로 '디지털 격차' 때문이다.

사실 사람은 나이가 들수록 디지털 활용 능력이 낮아질 수밖에 없다. 게다가 교육 수준과 소득 역시 디지털 접근성에 직접적인 영향을 미친다. 이에 따라 기술이 발전할수록 소외되는 사람들도 늘어난다.

그렇다면 필요한 건 뭘까. 바로 '기술이 빨라질수록 행정은 더 느려져야 한다'는 것이다. 이 말은 디지털 격차가 심한 중장년과 노년층들을 위해 느리게 기다려주고 느리게 설명하며 느리게 함께 배워야 한다는 뜻이다. 바로 그것이 내가 생각하는 디지털 시대의 진정한 복지다.

그래서 이를 위해 AI 행정은 다음의 네 가지 방향으로 대응하는 게 바람직하다고 생각한다.

우선은 '접근성''이 확대되어야 한다. 주민센터마다 디지털 체험 공간을 만들고 공공 와이파이를 확대하며 필요한 시민에게 스마트기기를 지원하는 것이다. 왜냐하면 기술에 접근할 기회 자체가 없다면 모든 교육은 무의미하기 때문이다.

둘째는 '맞춤형' 교육이다. 고령층과 기초생활수급자를 위한 디지털 교육 프로그램을 적극적으로 운영해야 한다. 왜냐하면 단순 사용법을 넘어 복지 신청과 민원 제기, 온라인 예약까지 실생활에 필요한 역량을 기를 수 있어야 하기 때문이다. 예를 들어 어르신들이 한 달에 1~4차례, 주민센터에 모여 함께 수업을 듣는다면 기술도 배우고 서로 만나 친구가 될 수도 있을 것이다.

셋째는 'AI 기반 음성 안내' 시스템이 필요하다. 왜냐하면 글자를 읽기 어려운 사람, 터치 조작이 서툰 사람도 음성으로 행정 서비스에 접근할 수 있어야 하기 때문이다. 사실 기술은 복잡할수록 좋은 게 아니라 쉬울수록 좋은 것이다.

넷째는 '세대 간 멘토링'이다. 구체적으로는 청년 자원봉사자와 노인을 연결해 디지털 기기 사용을 함께 배우는 프로그램을 만드는 것이다. 예를 들어 20대 대학생이 70대 어르신에게 스마트폰 사용법을 알려드리고 어르신은 그 청년에게 인생 이야기를 들려주는 것이다. 결국 기술 격차를 줄이는 일은 세대를 연결하는 일이고 공동체를 회복하는 일이다. 그래서 기술 격차를 줄이는 일 역시 복지다.

AI의 시대일수록 행정은 더 인간적으로

...

그리고 무엇보다 중요한 것은 오프라인 창구를 절대 없애지 않는 것이다. 왜냐하면 AI가 아무리 발전해도 직접 찾아와 사람을 만나고 싶은 시민이 있기 때문이다. 그들을 위한 자리는 언제나 남겨둬야 한다. 다시 말해 디지털 전환은 선택지를 늘리는 것이지 기존의 길을 막는 것이 아니다.

나는 기술 낙관론자가 아니다. 그러나 기술을 두려워하며 외면하는 선택 역시 옳지 않다. 여기서 중요한 것은 방향이다. 결국 행정과 기술은 모두 시민의 삶을 지탱하기 위해 존재한다.

현재 남양주는 이미 AI 행정의 첫걸음을 내디뎠다. 카카오 디지털 허브 같은 인프라가 들어서고 지역 스타트업이 성장하며 공공과 민간의 협업 모델이 만들어지고 있다. 그래서 이 흐름을 시민을 위한 방향으로 이끄는 것이 지방정부의 책임이다.

결국 나는 남양주가 기술을 가장 빠르게 도입하는 도시가 아니라 기술을 가장 따뜻하게 사용하는 도시가 되기를 바란다. 왜냐하면 AI의 시대일수록 행정은 더 인간적이어야 하기 때문이다.

PART 4

WHY

이원호의
리더십인가

1장

공익과 사익의 갈림길에서
무엇을 먼저 볼 것인가

"지금 남양주에 필요한 리더십은 '흔들리지 않는 기준을 가진 사람'이라고
생각한다. 나는 살아오면서 공익과 사익의 갈림길에서 수없이 공익을
선택해왔다. 공익을 먼저 보는 선택, 역지사지의 습관, 그리고 결단의 책임.
바로 그 선택의 방식으로 나는 남양주의 미래를 함께 하고 싶다."

선공후사, 공익과 사익이 충돌하면 늘 공익이 우선
· · ·

삶은 늘 선택의 연속이다. 그리고 그 선택의 갈림길에는 언제나 공익(公益)
과 사익(私益)이 함께 서 있다. 사실 말로는 공익을 이야기하지만 실제로는
사익을 위해 손을 내미는 순간들이 있다. 그래서 나는 바로 그 순간이 삶의
본질을 가장 적나라하게 드러낸다고 생각한다. 그리고 그 갈림길에서 '무
엇을 먼저 보느냐'가 한 인생을 결정한다고 믿는다.

'선공후사(先公後私)'라는 말은 내게 신념이기 이전에 습관에 가깝다.

사실 돌이켜보면 나는 꽤 이른 시기부터 그런 선택을 반복해왔다. 대학에 들어가 학생운동을 선택하고 공장에서 노동자로 일하며 사회운동을 했던 것, 민족무예 사범의 길을 걸었던 것도 모두 개인의 안락함이나 출세와는 거리가 먼 선택이었다.

당시 그때의 나는 '무엇이 나에게 유리한가'보다는 '무엇이 더 많은 사람에게 의미가 있는가'를 먼저 보려고 했다. 그 시절에는 그저 그렇게 생각하며 사는 것이 자연스러웠다.

그런데 변호사가 되고 난 후, 법률가로 살아오면서도 수없이 많은 이해관계의 충돌을 마주했다. 같은 사실을 두고도 전혀 다른 결론에 이르는 사람들도 봤다. 그런데 재미있는 건 누구도 스스로를 '이기적'이라고 말하지 않는다는 것이다.

그래서 나는 그런 이해관계가 얽혀 있을 때는 판단을 서두르지 않으려고 노력했다. 특히 내 입장이 옳다고 확신이 들수록 상대방의 입장에서 한 번 더 생각해보려고 애썼다.

결국 공익과 사익이 충돌할 때 나는 늘 같은 질문을 던졌다. '이 선택이 나에게 이익이 되지 않더라도 공동체에는 도움이 되는가. 만약 이 질문에 '그렇다'고 답할 수 없다면 그 선택은 하지 않았다.

예를 들어 국선변호나 무료 법률 상담을 맡을 때도 마찬가지였다. 국선변호나 무료 법률 상담은 시간이 더 오래 걸리면서도 수익은 거의 없는 일이었다. 그래도 누군가의 인생이 결정되는 중요한 순간에 내가 그 사람의 곁에서 도움이 될 수 있다면 그것으로 충분하다고 생각했다.

사실 그런 일들로 손해를 볼 때도 있었다. 지금 돌아보면 굳이 그렇게까지 하지 않아도 됐을 선택도 있었다. 하지만 적어도 지금까지 한 번도 부끄러운 선택을 한 적은 없었다.

지금, 남양주에 필요한 리더십은 무엇인가

...

현재 남양주는 지금 수많은 선택의 문 앞에 서 있다. 개발과 보존, 성장과 안전, 효율과 형평. 어느 하나 쉬운 문제가 아니다. 이해관계는 복잡하게 얽혀 있고 목소리는 크다.

그렇다면 이럴 때 가장 먼저 고려해야 할 것은 '기준이 무엇이냐'다. 그래서 나는 그 기준이 '시민의 삶'이어야 한다고 믿는다. 다시 말해 특정 집단의 이익이 아니라 '도시 전체의 지속가능성'을 먼저 보는 시선 말이다. 물론 그러한 결정에는 책임이 따른다. 그래서 충분히 듣고 충분히 고민하되 결론이 나지 않을 때는 리더가 결단해야 한다. 바로 이것이 내가 생각하는 '리더십의 본질'이다. 왜냐하면 결단하지 않으면 앞으로 나아갈 수 없고 책임지지 않으면 신뢰를 받지 못하기 때문이다.

결국 지금 남양주에 필요한 리더십은 '흔들리지 않는 기준을 가진 사람'이라고 생각한다. 나는 살아오면서 공익과 사익의 갈림길에서 수없이 공익을 선택해왔다. 물론 언제나 옳았다고 말할 수는 없다. 하지만 적어도 그 선택을 회피한 적은 없다.

공익을 먼저 보는 선택, 역지사지의 습관, 그리고 결단의 책임. 바로 그 선택의 방식으로 나는 남양주의 미래를 함께 하고 싶다.

2장

사람이 우선이라는
철학

"나는 사람들을 만나면서 '한 사람은 하나의 우주'라는 생각을 많이 했다.

다시 말해 어느 한 사람의 삶도 가볍지 않고 함부로 대해서는

안 된다는 것이다. 왜냐하면 한 사람의 삶이 바뀌면 그 사람을 둘러싼

모든 환경이 바뀌고 그 환경이 바뀌면 그 도시 전체가 바뀌기 때문이다."

사회운동가·노동자·변호사로 살며 얻은 교훈
...

나는 '사람이 먼저'라는 말을 쉽게 꺼내고 싶지 않다. 왜냐하면 너무 자주 쓰인 말이기 때문이다. 그런데 내 삶을 되돌아보면 그 말 말고는 설명할 수 없는 선택들이 있었다. 사회운동가로, 노동자로, 변호사로 살아오면서 얻은 가장 분명한 교훈은 하나였다. 바로 제도는 사람을 위해 존재해야 한다는 것, 그리고 사람이 빠진 정치는 결국 방향을 잃는다는 사실이다.

돌이켜보면 대학 시절, 나는 거리로 나섰고 구속도 경험했다. 당시 그때

나를 움직인 것은 사람이 중심이 되는 세상을 만들고 싶다는 믿음이었다. 정의와 자유, 평화라는 말은 추상적으로 들렸지만 그러나 그 말이 향하는 끝에는 늘 사람이 있었다. 다시 말해 억울한 사람, 목소리를 내기 어려운 사람, 사회 구조 속에서 밀려난 사람들 말이다.

하지만 인생은 이상만으로 버텨지지 않는다. 실제로 구로공장에서 노동자로 일하던 시절, 나는 스스로에게 실망한 경험도 했다. 노동 해방을 외치며 더 나은 세상을 만들기 위해 공단에 취직했지만 정작 열악한 노동현장의 무게를 끝까지 견디지 못하고 그만뒀다. 지금 돌아보면 그때가 가장 부끄러운 순간 중 하나다.

사실 인생은 늘 계획대로 흘러가지 않는다. 그럼에도 나는 돈이나 지위보다 '어떻게 살아야 하는가'를 더 많이 고민했다.

그리고 삶이 흔들릴 때마다 나를 지탱해준 사람은 바로 어머니였다. 어머니는 나에게 "이렇게 살아라"라고 말한 적이 거의 없다. 내가 어디에서 무엇을 어떻게 하든 모든 것을 포용하고 품어 주셨다. 또한 아버지가 돌아가신 이후에도 그저 묵묵히 자리를 지키며 나와 우리 가족을 지켜냈다. 그것은 말 대신 태도로 보여준 삶이었다.

그래서 나는 그런 어머니를 보면서 어떤 태도로 살아가야 하는지 많이 배웠다. 사실 사람이 먼저라는 말은 어쩌면 그 시절 어머니의 침묵에서 처음 배운 가치였는지도 모른다.

몸으로 알게 된 역지사지의 중요성

...

사실 변호사가 된 이후에도 나는 여러 번 중심을 잃을 뻔했다. 개업 초기에 나는 사업에 몰두했다. 법인 대표로서 사업을 안정시켜야 한다는 심리적인 부담도 컸다. 당시 그때는 사람이 아니라 수익을 위해 열심히 뛰었던 시기였다.

하지만 결국 회사는 문을 닫아야 했고 함께 일하던 동료들도 더 이상 함께할 수 없었다. 그때 나는 처음으로 깨달았다. 바로 명분 없이 바쁘기만 한 삶은 결국 가장 가까운 사람부터 밀어낸다는 사실을.

그 이후 법률가가 된 이후에도 현장은 늘 사람으로 가득했다. 처음에는 소송에서 이기는 것이 전부라고 생각했다. 법적 요건과 증거만 맞으면 된다고 여겼다. 그런데 사람들의 이야기와 사연에 귀 기울이면서 시각이 달라졌다.

실제로 내가 그들의 이야기를 들어주는 것만으로도 의뢰인들의 표정은 달라졌고 마음속 응어리가 풀렸다. 왜냐하면 의뢰인 입장에서는 내가 자기 일처럼 공감해주니 존중받는다고 생각했기 때문이다. 그때부터 나는 의뢰인의 이야기를 가능한 많이 듣기 시작했다. 바로 이것이 내가 몸으로 익힌 역지사지였다.

이후 나는 사건을 처리하면서 '내 결정이 이 사람의 삶에 어떤 영향을 미칠 것인가'를 고민했다. 사실 그 질문은 때로는 나를 불편하게 만들었지만 오히려 그 불편함 덕분에 중심을 잃지 않을 수 있었다.

'한 사람은 한 개의 우주'

...

결국 나는 정치든 행정이든 언제나 사람을 먼저 봐야 한다고 말하고 싶다. 왜냐하면 정책은 결국 사람의 삶을 바꾸는 도구이기 때문이다. 때로는 종이 위에서는 합리적인 정책이 현장에서는 작동하지 못하는 경우도 많다. 그래서 나는 시민과 함께 만들어가는 행정이 중요하다고 생각한다.

또한 내가 제시한 읍면동장 주민추천제, 주민참여형 조례·예산제, 시민의회 같은 제도는 단순한 형식이 아니라 철학의 문제다. 왜냐하면 사람을 정책의 대상이 아니라 주체로 세우겠다는 선언이기 때문이다.

결국 정책보다 사람이 앞서야 하고 제도보다 삶이 먼저여야 한다. 거리에서 만난 사람들, 노동자로 공장에서 일하며 마주친 동료들… 그 누구도 단순하지 않았다. 각자의 삶에는 사정이 있었고 이유가 있었으며 이야기가 있었다.

그래서 나는 사람들을 만나면서 '한 사람은 한 개의 우주'라는 생각을 많이 했다. 다시 말해 어느 한 사람의 삶도 가볍지 않고 함부로 대해서는 안 된다는 것이다. 왜냐하면 한 사람의 삶이 바뀌면 그 사람을 둘러싼 모든 환경이 바뀌고 그 환경이 바뀌면 그 도시 전체가 바뀌기 때문이다.

그래서 사람이 우선이라는 철학은 약자를 편드는 감정이 아니다. 오히려 그것은 도시가 지속적으로 성장하기 위한 가장 현실적인 전략이다. 왜냐하면 사람이 존중받는 도시는 사람들이 떠나지 않기 때문이다. 정치보다 사람을 먼저 보는 것. 바로 나는 그 믿음을 버리지 않기 위해 이 길을 선택했다.

3장

안정을 버리고
신념을 선택한 순간들

세상이 무모하다 했던 선택들

· · ·

나는 도전과 모험, 그리고 호기심이 많은 사람이다. 솔직히 말하면 상황이 안정적일 때보다 오히려 길이 불확실할 때 더 명확하게 본다. 다시 말해 무엇을 버리고 무엇을 붙잡아야 하는지가 더 또렷하게 보인다는 말이다.

그런데 그 첫 번째 결단은 군 전역 이후에 찾아왔다. 나는 복학한 대학을 자퇴하고 민족무예 사범의 길을 선택했다.

처음에는 복학 후 우연히 만난 민족무예는 그저 단순한 수련처럼 시작됐다. 그런데 시간이 지날수록 그것은 점점 삶의 태도에 가까워졌고 몸을 다스리는 과정이 곧 마음을 다스리는 과정이었다. 무엇보다 개인의 성취가 아니라 공동체의 수련이라는 점에서 내가 그동안 걸어온 학생운동의 연장선처럼 느껴졌다.

그러자 대학 졸업장은 더 이상 나에게 의미가 없었다. 그래서 바로 자퇴

했고 민족무예 사범이라는 새로운 걸음을 내디뎠다. 당시 그때는 그렇게 가는 것이 맞다고 느껴졌다.

물론 세상의 기준으로 보면 무모해 보였을 것이다. 하지만 나에게 그 선택은 불필요한 껍질을 벗어던지는 일이었다.

불가능에 도전하는 불굴의 의지
...

서른 살에 사법고시에 도전했을 때도 비슷했다.

나는 법학과는 아무런 인연도 없는 사회학 전공자였고 전과 기록도 있었으며 당시 내 나이는 서른으로 결코 젊지 않았다. 그래서 그 선택을 두고 많은 사람들은 무모하다고 했다.

그럼에도 나는 결심했다. 그런데 이 결심이 가능했던 이유는 세 가지였다. 주변의 진심 어린 격려, 스스로에 대한 최소한의 믿음, 그리고 도전과 성취에 대한 내 안의 욕망이었다.

사실 내게 사법고시는 신분 상승의 수단이나 무모한 낭만이 아니었다. 오히려 냉정한 자기 인식 위에서 내려진 가장 현실적인 결단이었다. 왜냐하면 수없이 길거리에서 현실을 경험해본 나는 거리의 정의가 단순한 열정만으로는 오래 버티지 못한다는 것을 이미 알고 있었기 때문이다. 또한 제도를 바꾸려면 제도를 알아야 하고 권력을 견제하려면 권력의 언어를 이해해야 한다는 사실을 깨달았기 때문이다.

그 시절 광주에서 보았던 국가 폭력, 노동 현장에서 느꼈던 무력감, 사회운동의 한계를 체감하던 순간들이 법을 알아야 한다는 하나의 결론으로 모였다. 즉, 거리와 현장에서 느꼈던 부당함을 제도 안에서 다룰 수 있는 언어와 도구가 필요했기 때문이다. 그래서 사법고시는 나에게 성공의 상징이 아니라 책임을 다하기 위한 수단이었다.

그리고 세 번째 결단은 마흔일곱 살 때였다. 서울 서초동에서 법무법인의 대표변호사로 일하던 시절, 나는 안정적인 생활을 내려놓고 남양주로 이사해 새로운 삶을 시작하기로 결심했다. 그런데 그 선택은 쉬운 결정이 아니었다. 왜냐하면 이미 확보한 사회적 위치, 경제적 안정, 예측 가능한 삶을 모두 포기해야 했기 때문이다.

사실 그런데 서울에서의 나는 늘 어딘가 이방인처럼 느껴졌다. 반면 남양주로 이사 온 뒤엔 비로소 이 땅의 주인이 된 것 같았다. 남양주 안에서 일하고 그 속에서 사람들을 만나며 그들과 함께 어디로 가고 싶은지 또렷하게 알 수 있었다. 그렇게 삶은 단순해졌고 목표는 분명해졌다.

남은 생을 더 의미 있게 공익을 위해 쓰고 싶다는 결심. 결국 나는 안정적인 삶이 아니라 변화와 도전 속에서 삶의 의미를 찾는 그런 선택을 즐기며 살고 있다.

4장

실패와 좌절에서 배운
리더십의 유산

실패에서 배운 겸손과 도전하는 삶의 태도

• • •

사실 내 삶에는 남들이 보기에 성공보다 실패 혹은 좌절이라고 볼 수 있는 시간도 많이 있다. 고교 중퇴, 대학 자퇴, 사회운동의 중단과 구속, 사법고시 1차 실패 후 재도전한 시간들, 정치의 문 앞에서 마주한 냉정한 현실까지. 돌이켜보면 살아오면서 내가 했던 선택들이 모두 성공으로만 이어진 것은 아니다. 오히려 돌이켜 보니 실패가 더 많았다.

또한 선거에서의 패배도 있었고 오해와 비판도 있었다. 익숙하지 않은 새로운 길을 선택하는 것은 나름 고통과 인내의 연속이었다. 체력, 자존심, 믿음이 흔들리는 날들도 있었다. 그러나 나는 실패를 두려워하지 않았다. 왜냐하면 이미 여러 번 실패와 좌절을 경험해 본 사람이었기 때문이다. 한편으로 모든 일은 동전의 양면과 같아서 다 장단이 있다. 그래서 실패로부터 많이 배울 수 있다.

결국 이미 넘어지고 다시 일어나는 법을 배운 사람에게 그 실패와 좌절은 또 하나의 도전일 뿐이었다. 실패는 나를 겸손하게 만들었고 내게 성공의 자산이 되었다. 때문에 지금 내가 가진 장점들은 승리의 기억이 아니라 남들이 생각하는 실패와 좌절로 생겼다. 실패나 좌절은 나를 위축시키기보다 어떤 태도로 살아야 하는지를 끈질기게 가르쳤다.

또 한 가지 내가 깨달은 것은 '완벽한 조건'은 오지 않는다는 것이다. 사실 많은 사람들은 모든 준비가 되면 시작하겠다고 말한다. 여건이 갖춰지거나 상황이 좋아지면 혹은 조금만 더 기다리면 움직이겠다고 한다. 하지만 실패를 반복해서 겪은 사람들은 안다. 바로 기회는 준비된 뒤에 오는 것이 아니라 움직이는 과정 속에서 만들어진다는 것을 말이다.

'지금 할 수 있는 일을 하자'는 긍정적인 마인드

•••

그래서 내 삶의 태도는 단순해졌다. 바로 '지금 중요한 일을 지금 하는 것'이다. 다시 말해 지금 해야 할 일이라는 판단이 서면 그 일을 다음으로 넘기지 않겠다는 것이다.

사실 흔히 사람들은 나중에 하면 더 잘할 수 있을 것이라 생각한다. 그러나 나중은 오지 않을 수도 있고, 설령 온다 해도 이미 늦어 있을 수 있다. 그래서 나는 크고 완벽한 계획보다 작더라도 지금 할 수 있는 실행을 선택해왔다. 왜냐하면 작은 일에 정성을 다할 때 사람을 감동시키고 세상을 바꿀 수 있다고 믿기 때문이다.

또한 이 마인드는 정치와 행정을 바라보는 나의 시선도 바꾸어 놓았다.

나는 계획만 많은 정치를 경계한다. 왜냐하면 언젠가 하겠다는 약속, 조건이 갖춰지면 하겠다는 것은 책임이라기보다 유예나 회피에 가깝다고 느껴지기 때문이다. 그래서 행정은 시민의 하루를 지금보다 조금 더 편하게 만드는 일에서 시작된다고 믿는다.

결국 작은 실행이 쌓여 신뢰가 되고 그 신뢰가 구조를 바꾼다. 실패의 경험은 현재에 더 신중하고 집중하게 만들었다. 그래서 나는 완벽하게 시작하지 않아도 끝까지 책임질 수 있는 사람이라고 자신 있게 말하고 싶다.

앞으로도 나는 항상 선택의 갈림길에 설 것이다. 그때마다 이렇게 묻고 싶다. 이 일을 지금 하지 않으면 그 책임은 누구에게 남게 되는가. 다른 사람에게 떠넘기는 대신 지금 내가 하고 말지! 바로 이것이 실패와 좌절을 통과하며 내가 얻은 가장 현실적인 리더십이다.

5장

갈등을 조정하고 세대를 잇는 '조정'의 리더십

"남양주가 지속 가능한 도시가 되기 위해서는 누군가의 승리가 아니라
모두가 납득할 수 있는 합의가 필요하다. 갈등을 제거하려 들기보다
갈등을 관리하고 조정하는 능력. 그리고 공동선을 위해 한 발 물러나도록
설득하는 능력. 바로 그것이 다핵도시 남양주에 필요한
리더십이라고 믿는다."

원주민·이주민, 구도심·신도심, 세대 간 갈등을 푸는 원칙
...

도시는 늘 갈등 위에 서 있다.

현재 남양주는 원주민과 이주민, 구도심과 신도심, 청년과 노년이 한 공간에 함께 살아간다. 그래서 이런 구조에서는 갈등이 생길 수밖에 없다. 하지만 문제는 갈등 그 자체가 아니다. 오히려 그 갈등을 어떻게 다루느냐가 진짜 문제다. 왜냐하면 갈등을 방치하면 도시는 분열되기 때문이다. 반대로 잘 다루면 도시는 한 단계 성장한다. 결국 갈등을 통해 우리는 발전한다.

그렇다면 갈등을 빨리 정리하려고 어느 한쪽의 손을 들어주면 어떻게 될까. 결국 또 다른 갈등을 낳기 쉽다. 왜냐하면 겉으로는 정리된 것처럼 보여도 마음속에 남은 불만은 결국 더 큰 형태로 다시 터져 나오기 때문이다. 그래서 나는 갈등을 '없애야 할 문제'가 아니라 '조정해야 할 과정'으로 본다.

사실 남양주는 다핵도시다. 원래 살아온 원주민의 삶의 터전 위에 새로운 이주민의 생활이 더해졌고 구도심의 기억 위에 신도시의 속도가 겹쳐졌다. 또한 세대도 마찬가지다. 청년은 빠르고 노년은 느리다. 그래서 이 차이를 억지로 하나의 속도로 맞추려 하면 충돌이 생긴다.

여기서 중요한 것은 누가 옳으냐가 아니라 이 '서로 다른 조건을 어떻게 연결하느냐'가 핵심이다. 결국 이 구조는 갈등의 씨앗이 될 수도 있고 협력의 자산이 될 수도 있다. 그렇다면 문제는 누가, 어떻게 조정하느냐이다.

사실 나는 변호사로 일하며 갈등의 현장을 가장 가까이에서 지켜보며 수많은 갈등을 다뤄왔다. 그런데 법정에서 만난 대부분의 분쟁은 선과 악의 싸움이 아니었다. 각자의 입장에서 보면 모두 이유가 있었고 억울함이 있었다. 또한 한쪽의 승리로 끝난 사건도 시간이 지나면 또 다른 갈등으로 이어지는 경우도 적지 않았다.

그래서 그 경험을 통해 나는 한 가지를 분명히 알게 됐다. 바로 갈등은 이겨서 끝내는 것이 아니라 조정하지 않으면 계속된다는 사실이다. 결국 정치도 마찬가지다. 한쪽의 승리가 다른 쪽의 패배가 되는 순간 도시는 분열된다.

공동의 것은 공동으로, 각자의 것은 각자의 것으로

나는 남양주를 '누군가의 도시'가 아니라 모두의 도시로 만들고 싶다. 사실 구도심은 역사와 이야기를 품고 있고 신도시는 미래와 가능성을 품고 있다. 또한 세대 역시 마찬가지다. 청년의 속도와 노년의 경험은 충돌해야 할 대상이 아니라 연결되어야 할 자원이다.

그래서 내가 세운 원칙은 단순하다. 바로 '공동의 것은 공동으로, 각자의 것은 각자의 것으로'이다.

먼저 공동의 영역에서는 모두가 함께 논의하고 책임져야 한다. 예를 들어 교통, 환경, 안전, 도시의 미래와 같은 문제는 특정 집단의 이해관계로 접근해서는 안 된다. 반대로 각자의 영역에서는 존중이 먼저여야 한다. 다시 말해 삶의 방식, 지역의 역사와 기억, 세대의 속도는 함부로 재단할 수 없다.

그래서 행정은 관리자가 아니라 조정자가 되어야 한다고 믿는다. 시민의 말을 듣고 이해관계를 중재하며 공정한 기준을 세워야 한다. 다시 말해 어느 편에 서는 것이 아니라 모두가 납득할 수 있는 해법을 찾는 것. 바로 이것이 리더의 역할이다.

결국 리더의 역할은 편을 가르는 사람이 아니라 '각자의 영역을 정리하는 사람'이라고 생각한다. 구체적으로는 서로의 영역이 침범되지 않도록 조정하고 공동의 영역에서는 함께 논의하고 결정하도록 만드는 것이다. 바로 나는 이를 '조정의 리더십'이라고 부르고 싶다.

결국 남양주가 지속 가능한 도시가 되기 위해서는 누군가의 승리가 아니라 모두가 납득할 수 있는 합의가 필요하다. 갈등을 제거하려 들기보다 갈등을 관리하고 조정하는 능력. 그리고 공동선을 위해 한 발 물러나도록 설득하는 능력. 바로 그것이 다핵도시 남양주에 필요한 리더십이라고 믿는다.

6장

길거리·대학·노동현장·법정을
관통하는 태도의 일관성

"거리에서의 경험, 대학에서 배운 질문, 노동 현장에서 깨달은 기준,

법정에서 다듬어진 판단. 그래서 이 모든 것을 경험하며

내가 지켜온 신념은 하나다. 바로 사람을 수단으로 쓰지 않는 태도.

그리고 내 선택의 결과를 끝까지 책임지겠다는 자세이다."

어디에 있든, 사람을 먼저 보게 된 이유

• • •

나는 하나의 직업으로 설명되는 삶을 살아오지 않았다. 역할은 여러 번 바뀌었고 처해 있던 상황도 달라졌다. 그런데 시간이 지나 돌아보니 분명한 게 하나 있다. 바로 내가 어디에서 무엇을 하든 사람을 대하는 태도만큼은 달라진 적이 없었다는 사실이다.

돌이켜보면 한때 나는 제도권 바깥에서 내 청춘을 보냈다. 당시는 학교와 조직, 제도의 보호를 받지 못하던 시절이었다. 그때 나는 하루 벌어 하루를 살아가는 사람들을 가까이에서 지켜볼 수 있었다. 그런데 그들의 얼굴에는 상처와 체념이 뒤섞여 있었고 그 안에는 쉽게 말로 설명할 수 없는 사연들이 담겨 있었다.

그래서 그 시간을 통해 나는 사람을 쉽게 단정하지 않게 되었다. 예를 들어 이유 없이 화를 내는 사람을 만나도 먼저 그 행동을 평가하기보다 '저 사람도 오늘 많이 힘들었을지 모른다'고 생각하게 되었다.

결국 제도권 바깥의 삶은 나를 자유롭게 만들었다. 그리고 그 자유로움은 다른 사람을 받아들이는 폭을 넓혀주었다. 사실 이런 태도는 이후 법을 다루며 갈등을 조정할 때도 변하지 않았다. 그래서 나는 언제나 판단을 서두르기보다 그 사람의 상황을 먼저 보려고 노력한다.

결국 길거리에서 배운 이 경험은 지금도 내가 사람과 공동체를 대하는 가장 중요한 기준으로 남아 있다.

결과보다 태도를 택해온 삶

...

돌이켜보면 대학 시절, 나는 안정된 진로보다 다른 것에 더 관심이 많았다. 바로 무엇이 옳은지, 그리고 어떻게 사는 것이 더 의미 있는 삶인지에 대한 고민 말이다.

그런데 그런 성향은 자연스럽게 노동과 인간의 존엄이라는 가치를 중심에 둔 질문으로 이어졌다. 예를 들어 사람의 존엄이 사회 구조 속에서 어떻게 지켜지는지, 왜 사회는 가장 약한 위치에 있는 이들에게 더 많은 부담을 지우는지 스스로에게 물었다.

그래서 이 시기의 생각과 경험은 이후 내가 어떤 상황에 있더라도 '나는 지금 사람을 최우선으로 존중하고 있는가'를 묻는 기준으로 남았다.

그 이후에는 노동자의 삶도 직접 살았다. 그런데 공장에서의 하루는 이론이나 의지만으로 설명할 수 있는 세계가 아니었다. 정밀함, 위험, 반복, 피로가 동시에 작동하는 공간. 그곳에서 사람은 쉽게 지쳐갔다.

하지만 그때 나는 그곳의 노동자들과 삶에 대한 진솔한 이야기를 나누며 하루하루를 견딜 수 있었다. 사실 지금 내가 노동의 현실을 관념이나 미담으로 다루지 않게 된 것도 바로 이때의 경험 덕분이다.

또한 법정에 섰을 때도 '사람을 최우선으로 존중'하는 태도는 변하지 않았다. 오히려 억울함과 분노가 클수록 그 사람의 상황을 더 정확히 봐야 했다. 사람의 이면에 놓인 환경을 이해하려는 노력. 바로 그건 20대 구로공단의 경험을 통해 배울 수 있었던 것이다.

사람을 중심에 둔 리더십

• • •

결국 나는 도시의 문제를 행정이나 관리의 대상으로 보지 않는다. 다시 말해 도시는 통제해야 할 공간이 아니라 이해해야 할 삶의 집합이다.

거리에서의 경험, 대학에서 배운 질문, 노동 현장에서 깨달은 기준, 법정에서 다듬어진 판단. 그래서 이 모든 것을 경험하며 내가 지켜온 신념은 하나다. 바로 사람을 수단으로 쓰지 않는 태도. 그리고 내 선택의 결과를 끝까지 책임지겠다는 자세이다.

물론 나는 언제나 성공하는 판단을 해온 사람은 아니다. 하지만 판단의 기준을 바꾼 적은 없다. 그래서 어떤 자리에 서 있든 그 기준이 흔들리지 않도록 스스로를 점검해왔다.

앞으로도 나는 여러 상황에 맞닥뜨릴 것이다. 하지만 대학에서, 노동 현장에서, 법정과 거리에서 배운 이 태도만큼은 끝까지 가져갈 것이다.

사람을 먼저 보고 공동체를 우선하며 결정의 책임을 피하지 않는 사람이 되고 싶다. 바로 이것이 내가 살아온 방식이고 앞으로도 살아갈 방식이다.

7장

누구나 머물고 싶은
도시를 꿈꾸다

"이 도시는 누구를 위해 존재하는가, 성공하고 잘해낸 사람만을
위한 곳인가, 아니면 넘어졌던 사람도 다시 일어설 수 있는 곳인가.
결국 내 생각에 사람들이 머물고 싶은 도시는
'실패해도 다시 시작할 수 있다'는 믿음이 쌓여야 가능하다."

실패해도 다시 시작할 수 있는 기회의 도시

...

'복지'라는 말을 들을 때마다 나는 아주 오래된 장면 하나를 떠올린다.

어릴 적 전남 장성의 우리 마을 이야기다. 우리 동네에서는 누군가 아프다
는 소식이 들리면 어르신들이 약이나 죽을 들고 집집마다 찾아다녔다. 그런
데 특별한 일이 아니었다. 그저 우리 마을에서는 누구나 이유도 조건도 없이
당연하게 하는 일이었다. 다시 말해 마을 사람들과의 관계 속에서 자연스럽
게 오가는 진짜 돌봄이었다. 그게 내가 처음 배운 복지의 모습이었다.

그런데 세월이 흐르면서 도시는 점점 커졌고 시스템은 더 정교해졌다. 하지만 이상하게도 사람들 사이의 거리는 오히려 더 멀어졌다. 그래서 누군가는 도움이 필요해도 말을 꺼내기 어려워졌고 또 누군가는 도움을 받으면서도 마음 한편이 무거워졌다. 나는 그 장면들이 늘 불편했다. 그래서 사람을 돕는 일이 왜 이렇게 복잡해진 걸까라는 생각을 하게 됐다.

돌이켜보면 어릴 적 나는 마을의 심부름꾼이었다. 전화가 오면 골목을 뛰어다니며 소식을 전했고 제사 음식을 나르기 위해 이웃집 문을 두드렸다. 사실 특별한 역할은 아니었지만 그 일을 하면서 나는 사람과 사람을 잇는 일이 마을을 움직인다는 사실을 자연스럽게 깨달았다. 또한 누군가를 연결하는 존재가 있을 때 공동체는 살아 숨 쉰다는 것을도 알게 됐다.

그래서 그 기억은 시간이 지나도 내 안에 남아 있다. 그리고 내가 어떤 선택을 하고 판단할 때마다 기준점이 되어준다. 나는 사람을 관계 속에서 이해해야 한다고 믿으며 지내왔다.

사실 나도 청소년 시절, 고등학교를 자퇴하고 6개월간 가출을 하는 등 방황의 시기를 겪었다. 당시 그때는 가끔 길이 막힌 것처럼 느껴지기도 했고 세상 밖으로 밀려난 기분도 들었다. 하지만 다시 돌아왔을 때 우리 가족은 '아무 일도 없었다는 듯' 나를 따뜻하게 품어줬다.

그때 느낀 것이 하나 있다. 바로 한 번의 실수나 실패로 한 사람의 전부를 판단해서는 안 된다는 것이다. 왜냐하면 다시 시도할 수 있는 여지가 있는 사회와 절대 기회를 주지 않을 것 같은 사회는 전혀 다른 곳이기 때문이다.

나는 늘 이런 질문을 던진다. '이 도시는 누구를 위해 존재하는가', '성공하고 잘해낸 사람만을 위한 곳인가', '아니면 넘어졌던 사람도 다시 일어설 수 있는 곳인가'. 결국 내 생각에 사람들이 머물고 싶은 도시는 '실패해도 다시 시작할 수 있다'는 믿음이 쌓여야 가능하다.

각자의 속도와 자리에서 살아갈 수 있는 도시

...

도시의 젊은 청년들을 볼 때마다 나는 과거의 나를 떠올린다. 당시 그때 내가 원했던 건 훈계가 아니라 기회였고 함께 고민해주는 사람이었다. 나는 스스로 말하고 선택할 수 있는 게 더 중요하다고 생각한다. 왜냐하면 사람은 존중받을 때 머물기 때문이다.

또한 나이가 들수록 더 분명해진 것도 있다. 나이 든다는 건 도움이 필요한 존재가 된다는 뜻이 아니라 이 사회를 위해 할 수 있는 역할이 있어야 한다는 것이다. 평생 쌓아온 경험이 어느 날 갑자기 쓸모없어져서는 안 된다는 말이다. 그래서 나는 어르신들이 '도움받는 사람'으로만 남는 사회가 자연스럽다고 생각하지 않는다. 오히려 함께 살아온 시간만큼 함께 만들어 갈 몫이 남아 있어야 한다고 믿는다.

결국 내가 꿈꾸는 도시는 청년에게는 도전할 여지가 있고, 중장년에게는 일과 생계가 끊기지 않으며, 노년에게는 존엄이 유지되는 곳이다. 각자의 속도와 자리에서 살아갈 수 있는 도시를 꿈꾼다는 것이다.

아이를 키워도 괜찮고, 실패해도 돌아올 수 있으며, 늙어도 밀려나지 않을 것이라는 믿음. 바로 그 믿음이 쌓일 때 도시는 비로소 사람이 사는 곳이 된다.

나는 행정도 누군가의 삶을 함께 고민하는 태도를 가져야 한다고 생각한다. 그것이 내가 살아오며 배운 가장 확실한 방식이다.

8장

'이원호는 합니다'
한 문장의 비전

"결국 '이원호는 합니다'라는 문장은 사실 '하지 못할 일은
말하지 않겠다'는 다짐이고 동시에 '말한 것은 반드시 실행하겠다'는
약속이다. 그래서 나는 지금도 이 문장으로 의지를 다진다."

약속과 책임, 그리고 실천의 아이콘으로 우뚝 서다
· · ·

정치인들의 언어는 가볍게 느껴질 때가 많다. "하겠습니다. 바꾸겠습니다. 해보겠습니다." 그런데 그 말의 끝까지 책임지는 경우도 드물다. 그래서 나는 "하겠다"라는 말을 쉽게 쓰지 않는다. 왜냐하면 그 말에는 반드시 감당해야 할 결과가 따라온다는 것을 알고 있기 때문이다.

사실 내가 말과 행동의 책임감에 대해 처음 배운 것은 아버지의 한마디였다. 고등학교 때 가출했다가 돌아온 나에게 아버지는 화를 내지 않았다. 대신 이렇게 물었다. "돈 많이 벌었냐."

그런데 그 질문은 성과를 묻는 말이 아니었다. 오히려 '내가 선택한 길의 값이 무엇이었는지를 스스로 계산해 보라'는 말이었고 동시에 '내가 선택한 길의 결과를 이제부터는 내가 책임져야 한다'는 일종의 메시지였다. 바로 그 순간 나는 모든 선택에는 책임이 따른다는 것을 깨달았다.

또한 "땅은 거짓말을 하지 않는다. 뿌린 대로 거둔다"고 하신 어머니의 말 역시 내 삶의 기준이 되었다. 다시 말해 약속은 씨앗과 같고 말은 파종이다. 그리고 결과는 반드시 돌아온다. 그런데 정치가 중요한 이유는 바로 그 결과가 개인에게서 끝나지 않고 공동체 전체에 남기 때문이다.

그래서 나는 실천할 수 없는 말을 하지 않는다. 대신 한 번 약속하면 물러서지 않으려 했다. 사실 침묵하면 지나갈 수 있고 한 발 물러서면 책임을 피할 수도 있다. 하지만 나는 그렇게 하지 않는다. 왜냐하면 내가 한 말이 나를 불편하게 만들더라도 그 불편함까지 책임지는 것이 말의 값이라고 믿기 때문이다.

또한 법조인의 자리와 시민사회 활동의 현장에서도 나는 늘 같은 기준으로 자신을 점검해 왔다. 그때마다 '지금 이 선택이 쉬운지 어려운지'가 아니라 '끝까지 감당할 수 있는지'를 먼저 물었다. 그것은 행동이 나 자신에게 부끄럽지 않기 위해서였다.

'왜 지금, 왜 이원호인가' 묻는다면

...

물론 나는 완벽한 사람이 아니다. 또한 늘 옳은 선택만을 해온 것도 아니다. 그러나 한 가지 분명히 말할 수 있는 건, 바로 중요한 순간을 미루지 않았다는 사실이다. 예를 들어 대학을 자퇴할 때 서른 살에 사법고시에 도전할 때, 서초동을 떠나 남양주에 올 때도 나는 중요하다고 생각한 내 신념에 대해 행동으로 보여줬다.

그래서 누군가는 '왜 지금, 왜 이원호인가' 묻는다면 나는 이렇게 말하고 싶다. 바로 '내가 말한 것은 반드시 해왔다'고!

결국 나는 행정이 시민을 이끄는 시대는 끝났다고 생각한다. 이제는 시민이 질문하고 리더는 그 질문을 회피하지 않고 곁에서 끝까지 함께 책임지는 사람이어야 한다.

공감하고 실천하고 책임지는 사람. 바로 이것이 내가 지향하는 리더의 모습이다. 그래서 나는 약속을 많이 하는 사람이 되고 싶지 않다. 대신 한 번 내뱉은 말을 반드시 해내는 사람이 되고 싶다.

결국 '이원호는 합니다'라는 문장은 사실 '하지 못할 일은 말하지 않겠다'는 다짐이고 동시에 '말한 것은 반드시 실행하겠다'는 약속이다. 그래서 나는 지금도 이 문장으로 의지를 다진다.
"이원호는 합니다."

등대

나는 지상의 꺼지지 않는 별

비바람 불어쳐 별마저 우산

속에 숨은 밤

바다처럼 온몸으로 그것을 받아

찬란한 모닥불을 피워 올리지

길 잃은 것들 하나하나 불러 모으면

옹기종기 손을 녹이고 제 갈 길을 가

한동안은 가슴을 쓸어내려

그러다 묵묵한 산을 보며

떠나는 것은 그들의 일

다시 올 그 누구를 위하여

바위 되어 기다리마 고요히 다짐하지

지상의 모든 어머니처럼

가난하고 길 잃은 자들의 성자

나는 포구의 별

- 이원호 시집, '새들을 태우고 바람이 난다' 중에서 -

9장

사람들에게
묻는다

"우리가 어떤 리더를 선택하느냐는 결국

우리가 어떤 삶을 살아가기로 결정하는가에 대한 답이기 때문이다.

바로 지금 우리는 선택의 한가운데에 서 있다."

우리는 지금, 어떤 리더를 선택하고 있는가

• • •

우리는 살면서 많은 선택을 한다. 하지만 가끔 사람들은 불편한 결정을 다음으로 넘기고 갈등도 적당히 넘기고 만다. 그렇게 당장 큰 불편이 없으면 괜찮다고 여겼고 그러다 문제가 드러날 때쯤이면 이미 되돌리기 어려운 상태가 되어 있는 경우가 허다하다. 결국 이런 방식이 반복되면 우리의 삶과 사회는 조금씩 방향을 잃게 된다.

종종 우리는 리더십의 실패를 단지 개인의 문제로 돌린다. 누가 부족했고 누가 준비되지 않았으며 누가 실망스러웠는지를 말한다. 그러나 리더십의 결과에는 언제나 시민의 판단과 선택이 함께 들어 있다. 그렇기에 우리는 '어떤 기준으로 사람을 골라왔는지' 돌아볼 필요가 있다.

우리 사회는 실험의 대상이 아니다. 왜냐하면 단 한 번의 잘못된 선택은 정책으로 남고 그 정책은 시민의 일상이 되기 때문이다. 그리고 행정은 되돌릴 수 없는 결과로 쌓여가고 그 결과는 다음 세대의 삶의 조건이 된다. 그래서 리더십은 이미지가 아니라 태도로 판단되어야 한다. 다시 말해 말이 아니라 반복된 선택으로 검증되어야 한다.

이제 사람들에게 묻고 싶다. 당신이 원하는 리더는 어떤 사람인가? 갈등 앞에서 편을 가르는 사람인가, 아니면 기준을 세우는 사람인가? 박수받는 선택을 하는 사람인가, 아니면 감당해야 할 선택 앞에 서는 사람인가? 말 잘하는 사람인가, 아니면 끝까지 책임지는 사람인가?

이 질문은 특정 인물을 향한 것이 아니다. 오히려 이건 이 사회에 살고 있는 우리 모두에게 던지는 질문이다. 왜냐하면 우리가 어떤 리더를 선택하느냐는 결국 우리가 어떤 삶을 살아가기로 결정하는가에 대한 답이기 때문이다.

바로 지금 우리는 선택의 한가운데에 서 있다. 이 질문을 외면할 것인지, 아니면 스스로의 기준으로 다시 묻기 시작할 것인지. 그 선택은 머지않아 우리 삶의 모습으로 돌아올 것이다.

"정치는 결국 시민이 하는 것이다"
다음 세대에게 물려줄 이 도시의 얼굴은
어떤 모습이어야 하는가

정치는 우리가 살아가는 방식 그 자체다.

이 책을 쓰며 나는 여러 번 나 자신에게 물었다.

'나는 어떤 시민으로 살아왔는가.'

편리할 때만 참여하고 불편해지면 한 발 물러서지는 않았는가.

책임을 요구하면서도 그 책임을 함께 질 준비는 되어 있었는가.

이 질문은 정치인이기 이전에 한 사람의 시민으로서

나에게 먼저 던져야 할 질문이었다.

나는 우리 사회가 계속 질문이 오가는 곳으로 남기를 바란다.

시민이 스스로 방향을 묻고 고쳐 나가는 사회.

정답을 내려주는 사회는 오래가지 못하지만

질문이 살아 있는 사회는 쉽게 무너지지 않는다.

그래서 나는 이런 사회를 꿈꾼다.

경쟁에서 이긴 사람만 기억되는 곳이 아니라

넘어졌던 사람도 다시 일어설 수 있는 곳.

속도가 빠른 곳이 아니라 사람의 속도를 기다려 주는 곳.

누군가를 밀어내며 성장한 곳이 아니라 함께 버텨내는 곳.

이것이 내가 다음 세대에게 물려주고 싶은 남양주의 얼굴이다.

정치는 누군가에게 맡기고 끝나는 일이 아니다.

일상의 불편을 그냥 넘길지, 함께 고칠지 고민하면서 정치는 다시 시작된다.

그래서 나는 시민 한 사람 한 사람이 이미 정치의 주체라고 생각한다.

나 역시 그중 한 사람이다.

나는 시민 옆에서 묻고, 듣고, 함께 책임지는 사람으로 남고 싶다.

성과보다 책임이 먼저 떠오르고

속도보다 사람을 기억하는 도시를 만들고 싶다.

그리고 그 과정을 시민과 함께 걸어가고 싶다.

정치는 결국 시민이 하는 것이다.

그리고 나는 그 시민 중 한 사람으로 남양주에 남아

시민과 함께 하고 싶다.

민주연구원 연구위원 박 혁
(헌법의 순간 저자)

받은 원고를 단숨에 읽었다. 곁에서 지켜본 이원호의 삶, 자주 접했던 그의 말과 생각이 고스란히 담겨 있었기 때문이다. 그것이 전부는 아니었다. 그의 삶, 말, 생각이 이 책에서는 더 단단한 문장이 되어 있었다. 이 책은 이원호 변호사가 언젠가 올 시간을 바위처럼 견디고 기다리며, 자신의 말과 생각을 오랜 시간 숙성시켜 내놓은 신념과 철학의 기록이다.

무엇보다 반가운 것은 책 제목이었다. "시민이 온다" 이 한마디는 정치인 이원호의 정치적 태도와 꿈을 멋지고도 소박하게 잘 표현하고 있다.

논어에서 기억할 만한 정치적 구절을 하나 꼽으라면, 근자열 원자래(近者悅 遠者來)일 것이다. 가까이 있는 사람들을 기쁘게 하면, 멀리 있는 이들이 찾아온다는 뜻이다. 지역소멸이 현실로 다가온 지금, 지역을 살리는 정치란 바로 그런 것일 터다. "시민이 온다"는 말에는 남양주 시민을 기쁘고 행복하게 하겠다는 이원호 변호사의 의지와, 그렇게 해낼 수 있다는 자신감이 담겨 있다.

이 책에는 '인간 이원호'도 잘 담겨 있다. 그의 삶은 '도전' 그 자체였다.

폭풍우 같은 시간을 지나온 그에게 이제는 좀 쉬어도 되지 않겠냐고 묻고 싶은 순간, 그는 또 다른 도전을 말한다. 이 책은 그 도전을 위한 출사표다. 그렇다고 거창한 선언을 늘어놓지는 않았다. 남양주 시민을 행복하고 기쁘게 할 계획들이 빼곡히 담겨 있다. 정책을 다루는 사람의 눈으로 보아도, 하나하나 귀 기울일 만한 아이디어들이다.

그 정책과 생각들의 뿌리는 제목에 담겨 있듯 '주민주권'이다. 시민이 참여하고 토론해 결정하는 주민주권 도시, 주민주도 도시여야 시민이 온다. 그래야 도시가 산다. 그래서 나는 이 책의 제목, "주민주권 시대, 시민이 온다"가 더욱 맘에 든다.

슬프게도 지금까지 주민주권은 미사여구로 그쳤다. 그 결과, 우리가 아는 가장 공허한 말이 되고 말았다. 제도와 절차를 단단히 세워 그것을 실현하려는 단호하고도 성실한 노력이 없었기 때문이다. 이 책에서 남양주를 시민이 주도하는 도시로 만들려는 계획과 의지를 볼 수 있어서 기뻤다. 기쁜 김에 바람이 생겼다. 그가 남양주 시민과 함께 그런 도시를 만들 기회를 꼭 가졌으면 좋겠다.

끝으로 이 책에서는 시인 이원호를 보는 재미도 쏠쏠하다.
이 책을 읽는 독자들은
'다시 올 그 누구를 위하여
바위 되어 기다리며 고요히 다짐'해 온
이원호 시인의 우직함과 따뜻함도 만날 수 있을 것이다.

오영훈
(남양주시민 그리고 더불어민주당 당원)

2024년 여름, 민주당 전국 당원대회가 있었다. 김용민 의원 사무실이 입주한 강산타워에 모여 대회 장소인 킨텍스까지 왕복 2만 원으로 갈 수 있다는 전세 버스에 앉았다. 김용민 의원이 일어나 인사를 하자 당원들이 큰 환호를 했다. 그때 누군가가 질문을 했다. 법률적 질문이었는데 내용은 생각나지 않는 반면 답을 하기 전 김용민 의원이 웃으며 한 말이 기억에 남아 있다. "이런 건 이원호 변호사님이 더 잘 설명하실 텐데 지금 2호 차에 타셨어요." 법사위에서도 맹위를 떨치는 율사 출신 국회의원 김용민이 법률적 질문에 대한 답을 저렇게 시작한다고? 그때 느꼈다. 지금 김용민 의원은 이원호라는 변호사를 당원들에게 알리고 있구나. 무언가의 쓰일 재목(才木)으로 저 이름을 추천하고 있구나. 그렇게 나는 이원호라는 이름을 처음 알게 되었다.

2025년 봄, 파란 옷을 사서 입고 파란 피켓을 만들어 들고 이재명 대선 후보의 선거운동 자원봉사를 했다. 출퇴근 때 전철역에 서서 시민들에게 고개 숙이는 게 전부였지만, 그 어느 때보다 간절하고 절실했다. 그런데 어느 날 옆에 선 자봉원이 약간은 회의적인 말투로 내게 말했다. "이미 이긴 선거인데 우리가 이런다고 효과가 더 있을까요?" 그 말에 답했다. "한다고 효과가 더 있진 않겠지만, 안 하면 효과가 바로 있겠지요. 민주당 오만하다는 효과. 김용민 욕먹는 효과. 그래서 내년 지선 말아먹는 효과. 그래서 마지막까지 해야 되지 않을까요?" 머쓱해진 그가 다시 묻는다. "근데 내년에 남양주 시장은 누가 나온대요?" 기왕 아는척한 것 내친김에 말했다. "아마 이원호 변호사가 되지 않을까요?" 내가 무얼 안다고. 하지만 아는 이름이 그뿐이었으니.

꿈같았던 그 봄이 지고 일상으로 돌아온 지난 여름 '사람이 먼저다', '나를 위해 이재명' 등 카피를 쓴 정철 형이 신간을 내었다. 형을 좋아하는 몇몇 이들이 북 콘서트를 외피로 한 술자리 번개를 쳤다. 2차로 옮길 즈음 자신의 관내에서 소리 소문 없이 그런 술자리가 열린 걸 용납할 수 없었던 이원호 변호사가 달려왔다. 마침내 제대로 된 만남이 이루어졌다. 그날 그와 함께 술잔에 별을 담아 마신 시간을 잊을 수 없다. 이원호는 진짜였다.

그가 출사표를 올렸다. 제갈량이 황제에게 올렸듯 남양주의 시민들을 향해 출사표를 써서 올렸다. 솔직담백하고 호방한 성정 그대로 자신이 살아낸 역경과 행정가로서의 꿈을 솔직하게 담았다. 그 책에 추천사를 이렇게 올릴 수 있음은 매우 큰 영광이다. 이원호 만세!

김규봉 신부
(천주교의정부교구 지금동성당 협력사목)

이원호 변호사를 처음 뵌 것은 2021년으로 기억합니다. 제가 화도읍에 있는 창현성당의 주임 신부로 있으면서 2021년 2월부터 '기후위기남양주비상행동'의 창립을 준비하고 있었는데 그러던 중에 지인의 추천을 받아 만나 뵙게 되었습니다.

그때 변호사께서 맡고 있던 시민 사회의 직책이 '한반도평화번영통일 남양주시민회' 공동대표였습니다. 사회적 영향력이 큰 변호사가 시민 사회 운동에 참여하는 것이 고마운 일이어서 반가운 마음이었습니다.

그 후로 시민 사회 일에 관련하여 자주 뵈었고 자연스레 술자리에서 이런 저런 개인적 이야기를 나눌 수 있었지만 '주민주권 시대, 시민이 온다'라는 책을 통해서 시대를 끊임없이 고민하고 모색해 온 사람 이원호를 깊이 있게 만나게 되어 참으로 기쁘고 감사한 마음입니다.

이원호 변호사와 저는 같은 해에 태어났고 시골에서 자란 공통분모를 가지고 있습니다. 제 고향은 충북 감곡이라는 시골입니다. 저는 가톨릭 신앙인으로, 또 신부로서 아주 평탄하고 안정적인 삶을 살아온 것 같은데, 이원호 변호사는 저와는 사뭇 다른 경험을 하고 고민하면서 사셨다는 것을 알게 되었습니다.

아마도 5·18을 직접 경험하시면서 이런 불의하고 부도덕한 세상에서, 개인적인 출세나 성공만을 위해 살 수는 없겠다는 생각을 많이 하셨던 것 같습니다. 너무 이른 나이인 고등학생부터 지금까지 계속해서…

힘드셨고 앞으로도 힘드시겠지만 반갑고 고마운 마음입니다. 이 세상에 나서 개인의 이익만을 구하며 사는 사람들이 그리도 많은데 더불어 살아가는 길, 상생의 길을 올곧게 간다는 것이 종교인으로서 볼 때도 참으로 귀감이 되지 않을 수 없습니다.

보내주신 책 잘 읽어 보았습니다. 이제 정치인으로서 우리가 살고 있는 남양주를 주민이 주도하는, 사람 중심의 사회로 만들어 가기 위해 용기 내신 것에 감사드립니다. 책을 통해 좋은 고민을 해 오셨음을 알게 되었습니다. 앞으로 변호사님의 앞길에 선하신 분의 축복과 은총이 함께 하기를 기도드리고 성원합니다.

주민주권 시대 시민이 온다
대전환의 시대, 남양주의 미래를 그리다

2026년 2월 7일 초판 1쇄 발행

지은이 : 이원호
펴낸이 : 김민주
펴낸곳 : 시너지북스
출판등록 : 2025년 5월 8일 제 2025-000129호
주소 : 서울특별시 강남구 대치동 950-9, 301호
전화 : 010-3252-5593
이메일 : synergy3300@naver.com
홈페이지 : www.synergybooks.kr

가격 25,000원

ISBN : 979-11-993410-2-9 (03810)